龍の勇姿、Dr.の不敵

樹生かなめ

white heart

講談社X文庫

目次

イラストレーション／奈良千春《ならちはる》

龍《りゅう》の勇姿《ゆうし》、Dr.《ドクター》の不敵《ふてき》

1

眞鍋《まなべ》の昇《のぼ》り龍《りゅう》を支える男たちの心がようやくひとつになった。

平穏が戻ったとばかり思っていたが、まだまだ予断を許さない状況だと聞き、指定暴力団・眞鍋組の二代目組長を愛する氷川諒一《ひかわりょういち》は背筋を凍らせた。裏切り者の存在が眞鍋に暗い影を落とす。

胸が締めつけられるように苦しくてたまらないが、何より大切な男が隣にいるからまだマシだ。

氷川と清和《せいわ》を乗せた車は眞鍋組が君臨する街に入った。依然として眞鍋組のシマを狙《ねら》う輩《やから》は後を絶たない。

車窓の向こう側では宇治《うじ》や信司《しんじ》といった清和の舎弟が、何人もの六郷会《ろくごうかい》の構成員と大乱闘を繰り広げている。宇治は眞鍋組が誇る若き精鋭のひとりだが、六郷会の構成員の数が多すぎた。いったい何人いるのかさえわからない。

祐《たすく》はハンドルを右に切りつつ、大きな溜《た》め息《いき》をついた。

「性懲《しょうこ》りもなく」

「ハエだな」

助手席に座っていたサメが馬鹿《ばか》にしたように言うや否《いな》や、前方を走っていたショウがバイクから飛び降り、六郷会《とうげつかい》の構成員を殴り飛ばした。この上なく、眞鍋組の特攻隊長らしい行動だ。つい先ほど東月会の構成員とやりあった疲労は微塵《みじん》も感じさせない。

「ショウくん」

氷川は呆気《あっけ》に取られたが、清和やリキはいっさい動じない。ショウという鉄砲玉をいやというほど知っているからだろう。

幼馴染《おさななじ》みであり、メディアでも頻繁に取り上げられている人気ホストの京介《きょうすけ》が、諦《あきら》めたような様子でショウの加勢につく。

ゴジラと称されている京介の出現で、六郷会の構成員たちは総崩れになったが、最後のプライドなのか逃げだそうとしない。血塗《ちまみ》れになっても、凶器を手に挑みかかる。彼らも必死だ。

「二代目、こんなところでなんですが、顔を出してくれませんか？」

祐がブレーキを踏みながら言うと、清和は低い声で答えた。

「わかった」

どんなに清和の生存説を流布《るふ》しても、一度流れた死亡説はそう簡単には払拭《ふっしょく》されない。シマの平穏を取り戻すため、清和の登場は必要だ。

「リキさんも一緒に」

祐がわざわざ口にしなくても、リキは清和の後に続く気だったようだ。無言で車から降りる。

氷川は車窓を開け、外の様子を窺《うかが》った。

清和とリキは肩を並べ、悠々と乱闘場所に近づいていく。昇り龍と虎《とら》の周りだけ空気が違うようだ。

氷川はふたりの頼もしい背中に胸が熱くなる。

「眞鍋と戦争をする気か？」

リキが六郷会のチンピラに向かって凄《すご》んだ瞬間、辺りは静まり返った。それまで派手にやりあっていた男たちはピクリとも動かなくなる。

六郷会のバッジを胸につけた男はあんぐりと口を大きく開けたまま、リキと並び立つ清和を見つめている。スキンヘッドの大男は焼き肉屋の看板を手にした姿勢で硬直していた。六郷会の面々は清和とリキの出現に声を失っている。

「おい、聞こえなかったのか？」

リキが悠然とした態度で鉄パイプを握っている六郷会の構成員に近づいた。静かな迫力が凄《すさ》まじい。

「……あ……あ……あ……」

ようやく自分を取り戻したのか、六郷会の構成員たちは鉄パイプを地面に落とすと、一目散に逃げだした。スキンヘッドの大男も頰《ほお》に傷のある大男も赤いスーツ姿の大男も物凄い勢いで逃げていく。電信柱に衝突して転倒した六郷会の構成員もいた。

シマを狙う六郷会の男たちにとって、清和とリキの登場は想定外以外の何物でもなかったようだ。

眞鍋組の構成員たちは呆然《ぼうぜん》としている。宇治は木偶《でく》の坊《ぼう》のように立《た》ち竦《すく》み、リキが可愛《かわい》がっていた構成員は、惚《ほう》けた面持ちで開店前の焼き肉屋の前にへたり込んでいた。信司は自分の頰を抓《つね》り、痛感を確かめている。

清和やリキは一言も言葉を口にしない。単純単細胞の代名詞と化しているショウでさえ、京介の隣で口を閉じていた。

それぞれ目で語りかけている。

みんな、清和くんが戻ってきたんだよ、と氷川が車から降りて言おうとした時、信司が真っ青な顔で叫んだ。

「幽霊？　悪霊退散っ」

信司は手にした木刀を闇雲《やみくも》に振り回した。

こともあろうに、信司は清和やリキを幽霊だと間違えたのだ。悪霊退散に木刀が有効なのか定かではないが、摩訶不思議《まかふしぎ》の冠を被る所以《ゆえん》だ。

ぶはーっ、とショウは京介の隣で盛大に噴きだした。

清和やリキはポーカーフェイスで流し、京介はシニカルな笑みを浮かべている。誰もフォローしようとしない。

「幽霊は墓に戻れ、お化けはお化け屋敷に帰れ、悪霊は眞鍋のシマに入れないぞっ」

信司は真剣な顔でお祓《はら》いをしているつもりのようだ。いや、木刀を振り回す姿がお祓い中の神主に見えないこともない。

清和とリキは悪霊扱いされても平然としていた。

この場合、信司に真正面から対峙《たいじ》するのは氷川の役目だろう。車から降りて、しずしずと信司の前に立った。

祐も軽く笑いながら氷川の後に続く。

「信司くん、清和くんが幽霊に見えるの？」

氷川が目を丸くして尋ねると、信司は清和の長い足をじっと見つめた。ちょこちょこと小走りに近寄ると、木刀の先で清和の足を軽く突《つつ》く。

「足がある」

つんつんつん、と信司に木刀で何度足を突かれても、清和は顔色ひとつ変えない。真顔で信司の動作をあますことなく見守っている。もしかしたら、清和はどんな反応をすればいいのかわからないのかもしれない。

「うん、ちゃんと清和くんに足はついているよ。白い着物姿じゃないし、周りに火の玉も

あくりょう退散
南無

飛んでいないでしょう？」

　氷川が慈愛に満ちた目で語っても、信司は木刀を構えたまま、清和を調べるように眺めている。

「ゾンビ？」

　ブリオーニの黒いスーツに身を包んだ清和の美丈夫ぶりは、いつにもまして惚《ほ》れ惚《ぼ》れするほど際立《きわだ》っていた。どこからどう見てもゾンビには見えない。

「ゾンビに見えるの？　顔色もいいでしょう？」

　氷川が唖然《あぜん》とした面持ちで訊《き》くと、信司は思案顔で低く唸《うな》った。

「……う〜ん、影武者？　俺は騙《だま》されたりはしないぞ。俺は姐《あね》さんをお守りしないと駄目なんだから」

　信司は清和の広い胸を勢いよく叩《たた》いた。ついでというわけではないだろうが、固い筋肉に覆われたリキの腕も引っ張る。信司は信司なりに己が命を賭《か》けた男の生存を確かめているようだ。

　清和やリキに信司を咎《とが》めている様子はないし、祐も一向に止めようとはしない。ぶはっはっはっはっ、とショウは京介の背中に顔を埋《うず》めて爆笑している。

　氷川は眞鍋組の絆《きずな》の強さを見たような気がした。

「信司、姐さんと眞鍋をよく守ってくれた」

いつも憎たらしいぐらいクールなリキが、大きな手で信司の頭を優しく撫《な》でた。眞鍋組のために奮闘していた信司を知っているらしい。

信司はリキの一言でようやく幽霊疑惑を解《と》いたようだ。

「……リキさん？　本当のリキさん？」

信司の目は潤み、声は掠《かす》れている。木刀が彼の手から床に落ちた。

「そうだ」

「こっちは本物の組長？」

信司はうるうるの目で清和を人差し指で差した。

宇治を筆頭に若い構成員たちも無言で清和を見つめている。意志の強そうな瞳《ひとみ》が派手に揺れ、今にも涙で潤みそうだ。リキが可愛がっていた構成員はすでに泣いているらしく、顔を手で覆ったままラーメン屋の横の路地に隠れた。誰にも泣き顔を見られたくないのだろう。

「そうだ」

清和が低い声で肯定すると、信司は大粒の涙をポロポロ零《こぼ》した。不思議系構成員の男泣きだ。

「本当に本当に本当に本当の本物？」

「ああ」

「今までどこにいたんですかっ、大変だったたんですよーっ」

納得したら感極まったのか、信司はとうとう大声で泣きだした。

「すまない」

清和が伏し目がちに詫《わ》びると、信司は駄々っ子のようにリキの腕を摑《つか》んで泣きじゃくった。

「六郷会だけじゃない、あっちもこっちも……いろんな奴が眞鍋のシマに乗り込んできやがって……みんな、組長が死んだって言うし……姐さんは危険な真似《まね》をするし、本当に大変だったたんですからね」

二代目姐について愚痴る信司には鬼気迫るものがあったが、それ以上に周りにいる舎弟たちの顔には悲愴感《ひそうかん》があった。ほかの暴力団組織との小競《こぜ》り合《あ》いより、二代目姐の行動のほうが恐ろしかったらしい。

ショウと祐は同じ気持ちらしく相槌《あいづち》を打っている。

「すまなかった」

信司の氷川への文句に、清和はこれ以上ないくらい沈痛な面持ちで詫びた。清和自身、氷川の無鉄砲ぶりに肝を冷やしているからだろう。舎弟たちの苦悩が身に染《し》みてわかるのだ。

「姐さん、とんでもないんですよ。どうしてあんなに綺麗《きれい》なのに爆弾よりすっごい爆弾なんですか？　いきなり組長代行に立ったと思ったら、ルアンガイの日本支部に乗り込むし、自分を囮《おとり》にするし、危ないことばっかり……」

信司くんには言われたくない、と氷川はしかめっ面《つら》で言いかけたが、清和の返事のほうが早かった。

「悪かった」

清和の全身から氷川に対する焦燥感がありありと滲《にじ》み出《で》ていた。

「もう、こんなのは二度といやです」

信司だけでなく東京に残った若い構成員たちも、同調するようにコクリと頷《うなず》いた。氷川に振り回された宇治の顔は土色だ。

「ああ」

「俺、生まれて初めて胃薬を飲みました。姐さんのせいです」

とめどもなく続く信司の文句に、清和は詫びるだけだ。

「すまない」

「橘高《きったか》顧問も安部《あべ》さんも一気に老《ふ》け込《こ》んだ、って言ってます。ふたりともいい歳《とし》なんだから心配させないでほしいのに、姐さんはショウよりひどくって……」

興奮する信司の言葉を遮《さえぎ》るように、氷川はきつい目で口を挟んだ。

「信司くん、いくらなんでも言いすぎじゃないかな？」

「言いすぎじゃありません。姐さんが爆弾の準備をしている、って聞いた時、マジに心臓が止まるかと思った」

信司は心臓を押さえた後、リキの左の胸も押さえる。彼なりに衝撃の大きさを表しているようだ。

「信司くんまで知っていたの？」

氷川が首を傾《かし》げた瞬間、周囲にいた男たちはいっせいに顔を引《ひ》き攣《つ》らせた。眞鍋の男たちは競うようにピリピリしている。

清和に成り代わり眞鍋組の頂点に立ってから変わったのか、愛《いと》しい男の命を狙った輩に対する怒りが大きすぎたからか、氷川は密かに特製の爆発物を作り、隠し持っていた。眞鍋組の総本部や眞鍋第三ビルにも置いている。いざという時に使え、と信用できる眞鍋の男に言い含めていた。

「知らないとでも思っていたんですか？　なんか、シマ全体が吹っ飛ぶくらい威力のある爆弾を作った、って聞きましたよ」

信司は氷川特製の爆弾の大きさを表現するように、その場で大きく飛び跳ねた。続いて、ショウも真っ青な顔で飛び跳ねる。

祐と清和は雪のように冷たい視線で氷川を貫いた。

「そこまで威力のあるのは作っていないよ？　ほら、誰が眞鍋組に殴り込んでくるかわからなかったからね？　自衛のためには悲しいけれども必要です」

　敵が誰かわからなかったうえ、裏切り者の存在も示唆され、手傷を負う構成員を目の当《ま》《あ》たりにし、氷川は何かに突き動かされたのかもしれない。爆発物製造に必要なものは眞鍋組内で揃《そろ》ったし、祐にも思うところがあったのか面と向かって止めなかった。

「姐さんだと洒落《しゃれ》にならない」

「洒落にするつもりはなかったから」

「あ、姐さん……組長、頼むからもう姐さんをおいてどこにも行かないでくださいね。六郷会のチンピラが姐さんをもらい受ける、とか？　六郷会はそんなことまでほざきやがったんですよ」

　信司は氷川と清和の顔を交互に眺めて捲《ま》くし立《た》てた。ショウや宇治も同じ気持ちらしく、腕組みをした体勢で大きく頷いている。

「六郷会のチンピラなんていたかな？」

　氷川は眞鍋組のシマを狙う六郷会の構成員に口説かれた記憶はない。目を丸くしたが、信司の激白は続いた。

「ルアンガイのボスの息子も姐さんに手を出そうとするしっ」

　氷川がルアンガイのボスの息子に求愛された話はどんなに緘口令《かんこうれい》を敷いても無駄だ。ボスの息子自身、氷川への愛を語って憚《はばか》らない。傍《かたわ》らで聞いている清和の雰囲気も恐ろしいぐらい刺々《とげとげ》しいものになる。

「あ、あれは……」

「姐さんは組長の姐さんなんだからほかの奴に口説かれちゃ駄目ですよ。クリーニング屋の兄ちゃんもラーメン屋の兄ちゃんも新聞屋の集金も姐さんを狙うしっ」

信司は口惜しそうに地団駄《じだんだ》を踏んだが、氷川は清和の隣できょとんとした。まったく身に覚えがないからだ。

「僕、クリーニング屋とラーメン屋と新聞屋の集金は知らない」

氷川が使っているクリーニング屋は中年の夫婦で回しているし、新聞屋の集金は髪の毛が寂しい男性だ。ラーメン屋には縁がない。

「俺と宇治で叩きのめしておきました」

信司は氷川の前で右アッパーを繰りだす真似をした。

「叩きのめし……?」

「俺たちの姐さんに手を出そうとしたんだから当然でしょう」

信司はリングに上がったボクサーのようにパンチを連発してみせる。フットワークもリズミカルだ。

「……信司くん?」

「あ～っ、本当に悔しかったーっ」

その時を思い出しているのか、信司は忌々《いまいま》しそうに飛び跳ねた。何を考えているのかわからない男だが、清和に対する忠誠心は本物だ。

清和が健在ならば氷川に手を出す男など、決して現れなかっただろう。眞鍋の金看板の衰退を意味することにほかならない。

「信司くん……」

氷川が躊躇《ため》いがちに名前を呼んだ時、祐の携帯電話の着信音が鳴り響いた。応対する祐の甘い顔立ちが瞬く間《またたくま》に険しくなる。

「……まだ兵隊が送り込まれているのか……慰謝料を寄越せだと？　そんなことまで言われたのか？　わかった、今日中に収める」

祐は携帯電話を切ると、清和に言葉を向けた。

「組長、お疲れのところ申し訳ありませんが散歩でもしませんか？」

電話の内容から察するに、眞鍋組のシマを狙う輩が暴れているのだろう。眞鍋組の昇り龍と虎の無事を一刻も早く披露しなければならない。

「ああ」

清和が横目で氷川を見つめると、祐は柔らかな微笑を浮かべた。

「散歩ぐらいなら大丈夫だと思います。ぜひ、姐さんもご一緒に」

「うん」

眞鍋組のシマの中心部に向かって、祐はゆっくりと歩きだした。当然、氷川や清和、リキも続く。

仕事上、顔を公にしたくないサメは、風のように消えてしまった。二代目組長夫妻を陰でガードしているに違いない。

京介も立ち去ろうとしたが、ショウに止められ、渋々ながら同行する。華やかな京介は街で人目を引く格好の人材だ。もっとも、清和とリキが並んだだけで行き交う人の注目を浴びるのには充分だったが。

清和とリキの素性《すじょう》を知っている花屋のスタッフは、ガーベラのアレンジメントを手にしたまま驚愕《きょうがく》で固まっている。開店前の居酒屋に佇《たたず》んでいた若い男の団体も派手に驚いていた。おそらく、眞鍋組のシマに送り込まれた暴力団構成員の予備軍だろう。

「浜松《はままつ》組のチンピラが三丁目で暴れていましたが鎮《しず》めました。その時、浜松組のチンピラに投げたビンがたまたま通りかかったフリーターの頭に当たったらしい。フリーターから慰謝料を請求されたそうです」

祐の報告を聞き、清和とリキは渋面《じゅうめん》で黙り込んだ。ショウと宇治は歯痒《はがゆ》そうに地面を蹴《け》り飛《と》ばし、京介は軽い微笑を浮かべている。

「大怪我《おおけが》？　救急車はちゃんと呼んだの？」

氷川が形のいい眉《まゆ》を顰《ひそ》めて訊くと、祐は苦虫を嚙《か》み潰《つぶ》したような顔をした。

「外傷はありません。でも、金が絞り取れると思ったらどんな手を使っても入院するでしょう」

「……いったい？」

ヤクザ相手に慰謝料を請求するなど、一般社会で生きてきた氷川には信じがたい所業だ。玄人《くろうと》を凌駕《りょうが》する素人《しろうと》がいると聞いて久しいが、どう考えてもただのフリーターとは思えない。

「フリーターといっても満足に働きもせず、女の稼ぎで遊んでいるヒモみたいな男です。眞鍋組のシマの状態も知っているようですね」

「……ヒ、ヒモ？」

氷川には女性に寄生して生きる男の姿が目に浮かんだ。暴力団から金を引きだそうなど、まかり間違っても弱者ではない。

「以前ならうちのシマで素人がこんないちゃもんをつけてくることはありませんでした。我が眞鍋もみくびられたものです」

弱いと思われたら、味方も敵に回り、とことん毟《むし》り取《と》られる。これはもう暴力団に限った話ではない。

清和やリキの死亡説で眞鍋組の弱体化がまことしやかに囁《ささや》かれていた。眞鍋組のシマを狙う輩が、必死になって吹聴している気配もある。今、現在、暴力団も情報戦を制しなければ勝てない。

「そんな人がいるなんて」

「単なる中華料理屋のオヤジにも文句をつけられましたよ。眞鍋組の男が悪いから店の前で大喧嘩《おおげんか》が始まったとか、営業妨害だとか、損害賠償を請求されました」

素人にも狙われるなんて最低だ、と祐は独り言のように続けた。甘い顔立ちに喩《たと》えようのない屈辱感が表れている。

「どうしたの？」

「ナメられたら終わりですから」

祐は屈強な構成員を団体で乗り込ませ、中華料理店の店主を納得させたらしい。こんなことで眞鍋組が素人に金を出したら終わりだ。

「恐ろしい世の中だね」

組長代行として不夜城を回ったが、そういった事実は知らなかった。氷川が気づかないように配慮されていたのだろう。

「誰よりも恐ろしい姐さんに言われたくありませんね」

祐のチクチクとした嫌みに、氷川は顔を歪めた。

「そればっかり……」

「でも、姐さんが組長代行になってくれたからこの程度で済んだのでしょう。組長代行がいなければもっとひどい状態になっていたかもしれない」

祐が遠まわしに氷川を褒《ほ》めると、清和がきつい目で咎めた。

「祐、先生が調子に乗るからやめろ」

「俺も抵抗はあったんですがね？　姐さんの突拍子《とっぴょうし》もない組長代行就任でシマが保たれたのは事実です。昔気質《むかしかたぎ》の橘高顧問や安部さんじゃハイエナに食《く》い込《こ》まれていた」

祐の視線の先には風俗店ばかり入ったビルがあった。異国の血が混じっていると思われる男たちは、悠々と歩く清和の顔を見た瞬間、いっせいに顔色を変える。

氷川は清和と彼らが顔見知りだと思ったが違うようだ。清和は雪を連想させるような双眸《そうぼう》で睨《にら》みつけると、いつもよりトーンを落とした声で祐に尋ねた。

「……新顔か？」

「眞鍋組が落ち目だと聞き、乗り込んできた外国人御一行様です。お気づきかと思いますが、マフィアではありません。ですが、タチが悪いです」

不法入国者が団体で住みつき、シマの一角で商売を始めたそうだ。日本で稼いだ金を地下銀行を通じて本国に送金するのだろう。現在の日本において珍しい話ではない。

「眞鍋に挨拶《あいさつ》はないのか」

清和は不愉快そうに物陰に隠れた異国の男たちを横目で眺めた。

「あるわけないでしょう」

祐はビルの前に積まれているゴミを見つめ、腹立たしそうに手を大きく振った。

心なしか、以前より街のゴミが増えたような気がする。氷川は地面に転がっている空き缶やペットボトルの異常な多さに気づいていた。なんとも形容しがたい異臭も漂う。

「みかじめ料は？」

文句をつけて代金を踏み倒すのは日常茶飯事《にちじょうさはんじ》、ビルの管理料も税金も納めない者にみかじめ料を求めても無駄だ。祐は清和の質問自体に呆《あき》れていた。

「納める気なんてあるはずないでしょう」

「しきたりを叩き込め」

清和が不夜城の主人として命令したが、祐はどこか遠い目できっぱりと答えた。

「無理ですね」

「……祐？」

「あいつらは日本に馴染《なじ》む気なんかありません。下手をすると、シマ全体があいつらに乗っ取られる。マフィアより手強い」

眞鍋組随一の策士が漏らした弱音に、清和は軽く口元を緩めた。

「お前らしくもない」

「マジで凄いんですよ？　ビルに散弾銃を撃ち込んでも我を貫くと思います。それこそ、姐さんお手製の爆弾を投げ込まないと眞鍋組の意思は届きません。理解する気もないでしょう」

どこに住みついても我流を貫き通す者たちに、さすがの祐も舌を巻いていた。そういった話は、氷川もそれとなく聞いている。

「爆弾を投げ込め」

清和の過激な指示に、祐は綺麗な目を見開いた。

「いいんですか？」

祐だけでなく氷川も驚いたが、新しい眞鍋組を模索している清和にとって警察沙汰《けいさつざた》は命取りになりかねない。

「上手《うま》くやれ」

「また、そんな無理を……」

祐は大袈裟《おおげさ》に肩を竦めたが、頭の中ではシナリオを書いているようだ。組の死活問題に関《かか》わるだけに見逃せないのだろう。

「清和くん、祐くん、あんまり危ないことをしないで」

氷川が恐る恐る口を挟むと、祐がきつい目でぴしゃりと言った。

「姐さんにそれを言う資格はありません」

祐のみならず清和やリキ、周囲にいたすべての男たちの非難の目が氷川に注がれる。

「その言葉は聞き飽きた」

「わかってくださるまで何度でもしつこく言いますから」

「世の中って上手くいかないね」

氷川が世の儚《はかな》さを噛み締めた時、ホストクラブ・ジュリアスの看板が見えた。まだ開店前で明かりはついていない。

「京介、ジュリアスでパーティを開きたい」

清和の復活を知らしめるため、祐はホストクラブ・ジュリアスを使おうとした。もちろん、今回の協力に対する感謝の意も含まれている。

「今すぐですか？」

京介は携帯電話を取りだしながら祐に尋ねた。

「ああ、ホストは京介がいればいいから」

営業時間を完全に無視しているので無理は言わない。要はホストクラブ・ジュリアスで清和とリキが飲んでいればいい。寿司《すし》やオードブルの出前でも呼んで、清和の復活を見せつければいいのだ。

「そんなの、オーナーから期待の新人まで呼びだしますよ」

底の見えない不景気にも拘《かかわ》らず、毎月、数字を叩きだしている京介の一言は強い。電話一本で同僚や後輩が集められる。

「オーナー、呼びだせるのか？」

「組長の無事を確認するためなら、どこにいてもすっ飛んできますよ」

どんな経緯《いきさつ》があったのか不明だが、ジュリアスのオーナーは清和の義父である橘高に心酔している。意外なくらい律儀《りちぎ》で、清和が率いる眞鍋組に協力は惜しまない。また、清和や眞鍋組の幹部もジュリアスのオーナーには一目置き、何かしらの便宜を図っているという。いい共存関係が築かれている。

「義理堅いオーナーだな」

祐が感心したように言うと、京介は軽く笑った。

「そういうオーナーだから生き残っているんだと思いますよ」

「確かに、女を食い物にするだけのホストクラブはすぐに潰れる」

祐は目と鼻の先にある花屋で赤い薔薇《ばら》の花束を買うと、開店前のホストクラブ・ジュリアスに入った。

氷川は静まり返った店内を見回す。以前、足を運んだ時と内装が変わっていた。これも女性客を放さないひとつの手段かもしれない。

「こちらにどうぞ」

広々とした店内の中央にある大きなテーブルに通された。天井から吊《つ》るされているシャンデリアも飾られている花も女性好みだ。

京介がテーブルにドン・ペリニヨンを用意した時、女の子のように可憐《かれん》な容姿のホストが飛び込んできた。ジュリアスで京介に次ぐ売り上げを叩きだしている大輝《だいき》だ。

「リキさん、無事でよかった」

大輝は清和の隣に座っているリキに凄まじい勢いで飛びつく。彼がリキに焦《こ》がれているのは周知の事実だ。

「ああ」

リキの態度はいつもと変わらず、感心するぐらい淡々としている。大輝の出現にも眉ひとつ動かさない。

「リキさんが組長と一緒にタイで死んだって聞いて……もう、もう、びっくりして……絶対に帰ってきてくれると思ったけど……よかった……嬉《うれ》しい……」

大輝は大きな目を潤ませ、リキの帰還を喜んだ。氷川にはいじらしい大輝の気持ちが痛いほどわかる。

けれど、肝心のリキは鉄仮面を被ったままだ。

「………」

「組長とリキさんの死体を姐さんが隠した、とか東月会のチンピラが言いふらして……たいやきを投げつけておきましたが、こんなことなら、焼きそばも投げつけておけばよかった」

氷川は大輝が東月会のチンピラにたいやきを投げつける姿を想像したが、どうにも現実味が湧《わ》かず、テレビドラマのワンシーンにしかならない。東月会のチンピラとの攻防を知っているのか、京介は喉《のど》の奥で笑っていた。

リキは東月会にもたいやきにも焼きそばにも無反応だ。大輝というセミを張りつけている大木に見えないこともない。

「リキさん、僕のところに帰ってきてくれたんですね」

何もリキは大輝の元に帰ってきたわけではないだろう。感極まったのか、大輝の気持ちは突き抜けてしまったようだ。リキが誰にも靡《なび》かないことは、氷川だけでなく清和や京介、ショウでさえ知っている。

しかし、リキは仏頂面《ぶっちょうづら》のまま口を閉じている。否定も肯定もせず、京介がシャンペングラスに注いだドン・ペリニヨンを見つめていた。

「…………」

大輝はリキにしがみついたまま、闘魂の炎をめらめらと燃やして宣言した。

「タイのオカマなんかにリキさんは渡さない」

どこからどうやって噂《うわさ》が流れたのか、大輝はタイでリキがニューハーフに求愛されたことも知っていた。

ふはははっ、とショウがニューハーフに反応して笑いだす。手に持っていた出前のメニュー表を破りそうな勢いだ。たぶん、大輝にニューハーフについて漏らしたのはショウなのだろう。

ニューハーフに関して緘口令はいっさい敷いていない。

「リキさんも組長も今までどこにいたんですか……って、もしかして、オカマに監禁されていたんですか？」

大輝の妄想があらぬ方向に進んだが、リキは一向に動じず、むっつりとした顔で黙っている。

氷川は口をポカンと開けたが、清和は渋面でシャンペングラスを見つめた。この場でカラダリ大使館に匿《かくま》われていた事実は明かせない。

ぶはーっ、とショウは京介が早業《はやわざ》で用意したチーズの盛り合わせに向かって盛大に噴きだしている。おそらく、ショウがひとりでチーズの盛り合わせを平らげることになるだろう。

京介はショウの頭を軽くこづいた。

大輝のとんでもない妄想に摩訶不思議の形容がつく信司が作動する。信司は真剣な顔でリキに訊いた。

「リキさん、タイでオカマにモテモテだって聞いたけど、本当にオカマに捕まっていたんですか？　オカマってそんなに強いんですか？」

彼らの頭の中がどうなっているのか、誰も知ることはできない。同じように黙りこくっているリキの心の中も読めない。

　氷川は清和の隣にちんまりと座ったまま、ことの成り行きを見守っていた。なんというのだろう、自分でもよくわからないが、口を挟む気になれないのだ。リキとニューハーフの話題も聞いているだけならばなかなか興味深い。

　出前を注文したショウは言うに及ばず、京介も場を取り繕う気がないようだ。乾杯の合図をかけない。

「そういえば、ここのところ、やけに東南アジア系のオカマが目につく……まさか、リキさんを追ってきたの？」

　大輝が真っ青な顔で言うと、信司は膝《ひざ》を勢いよく叩いた。

「ああ、俺もよく見た。タイかどこかわからないけど、東南アジア系のオカマがやたらと増えた気がする。リキさんを追って東京に来たのか？」

「い、いやだっ、絶対にリキさんはオカマに渡さない」

「オカマ……オカマってとか、そんなに言うなよ。大輝、ニューハーフの友達がいただろう？　仲が良かったじゃないか」

「それとこれとはべつっ」

　大輝はリキに張りついた体勢で、首を小刻みに振った。

「一寸の虫にも五分の魂、オカマにもオカマの魂」

信司は突っ込みどころ満載の言葉を哲学者のような顔で口にした。氷川は呆気に取られて、おしぼりを落としそうになる。

「オカマに偏見も何もないし、結構好きだけど、リキさんのそばに寄っちゃ駄目ーっ」

大輝の絶叫が響き渡った時、見かねたのか京介が口を挟んだ。

「リキさんの心は二代目組長と姐さんでいっぱいだ。ニューハーフが入り込む隙間《すきま》はない」

京介が言った通り、リキはすべてを二代目組長夫妻に捧《ささ》げると公言していた。まさしく、苦行僧のような男だ。

「オカマに取られない?」

「ニューハーフであれ、どんな美女であれ、カチンコチンのリキさんは落とせない。大輝、お前にも、だ」

京介が先輩ホストとして大輝を優しく諭そうとした。以前、大輝はリキに焦がれるあまり、氷川を巻き込んで大騒動を起こしている。大輝を頭から押さえつけてリキを諦めさせるのは、無理だとわかっているようだ。

「……僕が好きなんだ、僕が好きだからいい」

けなげな大輝に氷川は胸を打たれた。少しぐらい優しくしてあげたらいいのに、と氷川はリキに心の中で呟《つぶや》く。

「そこまで好きな相手ができてよかったな」

「はい」

京介と大輝の会話が氷川の心に染《し》み込《こ》む。ここまで愛せる相手がいて幸せだ、と氷川は隣にいる清和を横目で見つめた。彼の大きな手をそっと握る。

清和は照れたようだが、氷川の白い手を拒んだりしなかった。若い彼も同じ思いを抱いているのだろう。

「リキさんも罪作りな男だからね」

シャンペングラスを高く掲げ、京介が乾杯の音頭《おんど》を取ろうとしたが、大輝が懲りずに新たな爆弾を落とした。

「……それで、リキさんはオカマに狙われていないんですね？」

リキも清和もシャンペングラスを手にした体勢で黙り込んでいる。氷川は清和がニューハーフという存在に動揺していることに気づいた。

「清和くん、ニューハーフに心当たりがあるの？」

「……いや」

清和は視線を逸らしてグラスを高く上げると、シャンペンを一気に飲み干したが、氷川は探るような目でじっと見つめた。

「……あるんだね？」

清和は間違いなくニューハーフに心当たりがある。彼は真珠を含んだ貝のように口を固く閉じているが、氷川には内心の動揺が手に取るようにわかった。

「リキくん、ニューハーフに追い回されているの？」

氷川が清和からリキに視線を流した時、白い百合《ゆり》の花束を手にしたジュリアスのオーナーが現れた。彼はちょっとした動作も洗練されていてスマートだ。姫に対する騎士の如《ごと》く氷川の前に跪《ひざまず》く。

「我らが麗《うるわ》しの白百合、アモーレがお戻りになられて何よりです」

ジュリアスのオーナーに百合の花束を捧げられ、氷川はにっこりと微笑《ほほえ》んだ。

「ありがとう」

ジュリアスのオーナーの見立て通り、清楚《せいそ》な美貌《びぼう》の持ち主である氷川に、純白の百合はよく似合う。眞鍋組の若い構成員も見惚《みと》れていた。

「最高の笑顔を拝見できて光栄です」

ジュリアスのオーナーは氷川と清和を交互に眺めた。彼は心底から清和の無事を喜んでくれている。

「オーナー、世話になったようだな」

清和が静かな口調で礼を言うと、オーナーは投げキッスを飛ばした。

「麗しの白百合に悪い虫がつかなくて幸いでした。ダーリン、もう二度と悲しませてはいけませんよ」

「ああ」

そうこうしているうちに、若いホストがわらわらと入店してきたので、ジュリアスのオーナーの音頭で改めて乾杯をした。

「麗しの白百合の幸せに乾杯」

粋なジュリアスのオーナーは清和とリキの復活ではなく氷川の名前で乾杯する。もちろん、誰も文句は言わない。

「眞鍋の白百合に乾杯」

「ミス日本も裸足《はだし》で逃げだすキュートな姐さんに乾杯、よかったですね」

「姐さんに乾杯、もう組長を放しちゃ駄目ですよ」

ジュリアスのホストも眞鍋組の構成員も口々に氷川への祝福を述べた。氷川も花が咲いたように微笑む。

あまりにも綺麗な微笑に目を瞠《みは》るホストもいた。氷川の邪気のない優しい笑顔は見る者も幸せにするらしい。

江戸前寿司《えどまえずし》とオードブルの出前が届いた。ローストビーフのサラダもパルマ産の生ハムが載ったメロンも美味《おい》しい。

ショウがポロポロと食べ零すのを、隣に座った京介がナプキンで拭《ふ》いていた。やたらと微笑ましく見える。

祐は赤い薔薇の花束を宇治に手渡しながら甘い声で言い放った。

「……さ、宇治、オーナーに熱い気持ちを伝えろ」

祐が鼓舞するように肩を叩くと、宇治は特攻をかけるような顔つきでジュリアスのオーナーを見つめた。

「はい」

行くぜ、と宇治は自分で自分に気合を入れているようだ。早くも額には脂汗が滲み出ている。

一呼吸置いた後、宇治は手にしていた赤い薔薇の花束を握り直した。

「オーナー、自分の気持ちです」

宇治が差しだした赤い薔薇の花束を、ジュリアスのオーナーは悠然と受け取る。周囲から下品な口笛やひやかしの声が上がった。

「オーナーもとうとう年貢の納め時ですね。おめでとうございます」

「オーナー、宇治、結婚式は盛大に上げましょう。俺はお祝いに白鳥の湖を踊ります。期待してください」

「オーナー、宇治、歌舞伎町《かぶきちょう》に新たな神話を作ってくださいね」

清和がタイに渡る前、眞鍋組の若い構成員たちは一丸となって氷川を退職させようと迫った。男の嫁をもらえ、という氷川が出した条件を呑むふりをしたのだ。祐が男の花嫁役として頼んだのはジュリアスのホストたちだった。

宇治の花嫁役は海千山千《うみせんやません》のジュリアスのオーナーだ。言うまでもなく、大嘘《おおうそ》だと誰もが知っている。氷川も白々しい嘘につきあったものだ。

「宇治坊の熱いパッションは受け取っている。安心して俺の胸に飛び込んでくれ」

ジュリアスのオーナーの言葉に対し、宇治は軍人の如く直立不動で答えた。

「はい」

「ハワイで式を挙げよう」

宇治は何を言われても逆らったりはしないが、彼の周囲には痛いぐらい重苦しい空気が漂っていた。よく見ると、微かに下肢も震えている。

「わかりました」

「麗しの白百合よ、ぜひ、二代目組長と姐さんに仲人《なこうど》をお願いします」

ジュリアスのオーナーに話を振られ、氷川はグラスに手を添えたまま快諾した。

「任せて」

「これを機に姐さんが仕事を退職し、主婦業に専念されることを願います」

ジュリアスのオーナーが何気なく口にした言葉に、氷川は日本人形のような顔を派手に歪《ゆが》めた。

「……って、結局、それ？　オーナーまで何を言っているの」

前もって打ち合わせしていたわけではないだろうが、祐とジュリアスのオーナーは同じ目的で動いている。氷川を籠《かご》の鳥にしたくてたまらないらしい。

「俺、今回、綺麗な姐さんの鉄砲玉ぶりには肝を冷やしましたから」

ジュリアスのオーナーは眉間《みけん》にとてつもない深い皺《しわ》を作っている。キザな男の苦悩に満ちた顔はどこか滑稽《こっけい》だ。

「オーナーまで祐くんにならないでほしい」

「麗しの白百合よ、将来、俺がハゲたら百パーセントの確率で姐さんの責任です。どうしてくれますか？」

このところ前髪が後退してきて、とジュリアスのオーナーは周りに枯れ葉を舞わせながらポツリと言った。

残酷なくらい若さ溢《あふ》れるホストたちは声を立てて笑っている。オヤジ、と大輝はリキに張りついたまま呟いた。

誰ひとりとしてジュリアスのオーナーの黄昏《たそが》れかけているという髪の毛を労《いたわ》らない。残酷だが笑いを誘う。

「実は僕も白髪が一気に増えたんだ」

氷川が清和を横目で睨みつつ言うと、ジュリアスのオーナーは大きな溜め息をついた。

「いやですね、歳をとるの」

「うん、清和くんは僕より十歳も若いし」

十九歳と二十九歳の差は決して小さくはない。どんなに氷川が若く見えても、確実に清和より早く老ける。いつまで綺麗だと思ってくれるのか、氷川は気が気でならない。もっとも、こんな心配は幸福だからできるのだ。清和の訃報《ふほう》を聞いた時のショックを思い出し、改めて今の幸せを噛み締めた。

「宇治坊なんて十以上若いんですよ」

宇治とジュリアスのオーナーは年齢より経験の差のほうが大きい。

「宇治くんなら大丈夫、心配しなくてもいい。オーナーと本当に結婚したら絶対に宇治くんが先に老けると思う」

氷川がしみじみと言い終えた瞬間、店内は爆笑の渦に巻き込まれた。京介や大輝といったジュリアスのホストは腹を抱え、眞鍋組の若い構成員は涙を流している。清和の表情は変わらないが、宇治に密かに同情しているようだ。祐は今にも倒れそうな宇治の背中を勢いよく叩いた。

生真面目《きまじめ》な宇治は無言で耐えているが、今にも倒れそうな顔をしていた。あまりにもシュールだ。

「麗しの白百合よ、力強いお言葉をありがとうございます。腕によりをかけて宇治坊を老けさせます」

ジュリアスのオーナーに畏《かしこ》まられ、氷川は瞬《まばた》きを繰り返した。

「うん？」

「こんなに美味《うま》い酒、久しぶりですよ」

ジュリアスのオーナーがシャンペングラスを高く掲げると、清和やリキ、祐もそれぞれ倣《なら》った。

眞鍋組二代目組長の復活を祝う美酒は最高だった。

2

ホストクラブ・ジュリアスを出た後、ネオンが点灯した不夜城を清和《せいわ》は歩く。氷川《ひかわ》もリキや祐《たすく》とともに続いた。

清和の復活は電光石火の速さで伝わったらしく、眞鍋《まなべ》組資本のクラブやキャバクラの前では支配人が立っている。目が合うと、安心したように微笑《ほほえ》み、丁寧なお辞儀をした。清和やリキは視線だけで返す。

どこか氷川に雰囲気が似ているクラブ・竜胆《りんどう》の志乃《しの》も店の前で佇《たたず》んでいた。

志乃は清和の初めての女性であり、氷川にしてみれば嫉妬《しっと》の対象だ。そこはかとない彼女の色気は男性客を魅了してやまず、薄い紫色の着物がよく似合う。

嫉妬深い氷川を気遣ったのか、清和は素通りしようとした。けれども、氷川が清和の腕を摑《つか》み、控えめに立っている志乃に声をかけた。

「志乃さん、おかげさまで清和くんが戻ってきました」

志乃は氷川と清和を交互に見つめると、安堵《あんど》の息を漏らした。彼女は敵が多い清和にとって貴重な味方だ。わざわざ頼まなくても、率先して清和の復活を広めてくれるだろう。

「ご無事で何よりです」

志乃のお辞儀をする動作も淑《しと》やかだ。

「落ち着いたら、また遊びに行きます」

「ぜひ、いらしてくださいまし」

氷川と志乃は手を固く握り合ってから別れた。悔しくてたまらないが、いつ見ても清和が魅《ひ》かれても仕方がないと思わせるだけの魅力がある女性だ。

リキも志乃には最大限の礼儀を尽くし、深々と頭を下げていた。今回、志乃も懸命になって眞鍋組のシマの安泰のために動いてくれたことを知っているのだろう。

「祐さん、お疲れ様でした」

志乃はひとりでシマを切り盛りしていた祐を静かに労《ねぎら》った。気の回る彼女はどれだけ祐が命をすり減らしたか気づいている。

「また遊びに行きます」

祐にしては珍しく照れ臭そうに笑った。

「お待ちしております」

以後、何人もの女性が清和とリキの無事を喜んだ。不夜城は昇《のぼ》り龍《りゅう》と虎《とら》の復活で活気が漲《みなぎ》っているような気がしないでもない。

眞鍋組の総本部である眞鍋興業ビルには、顧問の橘高《きったか》や舎弟頭の安部《あべ》、古参の猛者《もさ》から若手の構成員まで揃《そろ》っていた。

眞鍋組の昇り龍と虎が現れた途端、いっせいに頭を下げる。古い任侠映画《にんきょうえいが》さながらの場面だ。

「心配をかけた」

清和が低い声で簡潔に言うと、橘高はニヤリと笑った。まず、清和の逞《たくま》しい肩を何も言わずに叩《たた》く。

「組長、これでますます姐《あね》さんに頭が上がらなくなったな」

橘高は清和の頭をくしゃ、と乱暴な手つきで撫《な》でた。組長に対する態度ではないが、清和は怒ったりはしない。どちらかというと、橘高の前で息子に戻りそうな自分を抑え込んでいるように見える。

「…………」

「せいぜい尻《しり》に敷かれてくれ」

橘高流の出迎えの言葉に、清和は一言も返せない。リキや祐も助け舟を出さず、面白そうに見つめている。ショウと信司《しんじ》は笑いださないように口を手で押さえていた。居並ぶ構成員たちもそれぞれ楽しそうだ。

氷川は柔らかな微笑を浮かべ、清和の復活を眺めていた。

氷川が清和とともに眞鍋第三ビルに戻った時、夜の十一時を過ぎていた。

ベッドルームに直行するかと思ったが、清和はリビングルームへ進んだ。部屋を確認したかったのかもしれない。清和はソファに仲良く並んだクマのぬいぐるみのカップルを懐《なつ》かしそうに眺めている。

可愛《かわい》い天使の置物やハートのオブジェ、花柄の壁紙やファブリックなど、可憐《かれん》な内部にまったく似合わない清和を見ると、無性に胸が熱くなってくる。清和が無事に戻ってきた、という実感かもしれない。

氷川が軽く笑うと、清和は目を細めた。

「どうした？」

「清和くんが無事に戻ってきてくれたから」

氷川は甘えるように清和の広い胸に顔を埋《うず》めた。若い彼の力強い鼓動が頼もしい。

「すまなかった」

「僕、こんな苦しい思いをするのはもう二度といやだ」

今さら文句を言っても仕方がないとわかっているが、口にせずにはいられない。どんなに文句を言っても気がすまない。

「すまない」

「僕も一緒にタイに行けばよかった」

氷川が切々とした調子で訴えると、清和はしかめっ面《つら》で口を閉じた。冗談じゃない、と心の中で言っているような気配がある。

「僕もタイに行っていればここまでこじれなかったかもしれない。フライト後にタイ料理を食べたら、僕も祐くんと一緒に寝込んだかもしれないし」

清和は無言でソファにどっかりと腰を下ろす。当然、氷川も彼の隣に座った。ソファにふたりで並んで座るとしっくりする。

「祐くんもサメくんを疑わなかったかもしれない」

祐がサメに疑念を抱いているなど、実際に聞くまで氷川は予想だにしなかった。清和のネクタイを緩めながら大きな溜《た》め息《いき》をつく。

氷川の言葉を無視するかの如《ごと》く、清和は白い壁を凝視していた。

「………………」

氷川は意地悪な手つきで清和のネクタイを引っ張った。

「次、海外に行く時、前もって僕に教えてね」

清和が眞鍋組という組織のトップである以上、いつかまた海外に飛ばなくてはいけなくなる機会も出てくるだろう。もしかしたら、明日、明後日にも彼の地《かち》に渡らなければならないかもしれない。眞鍋組の内情を知り、つくづく実感した。

「…………」

「清和くんに拒否権はないよ」

「…………」

「黙秘権もないんだけど？」

氷川は清和のシャツのボタンをひとつずつ外すと、宗教画に描かれている聖母マリアの微笑を真似た。命令口調で言い放つより、年下の亭主には効果があるかもしれない。

「…………」

「タイに行かないでほしいし、ルアンガイとも関《かか》わらないでほしい」

氷川は今後についても口にしたが、清和は硬い表情で拒んでいた。何も言わなくても、氷川には手に取るようにわかる。伊達《だて》にクマのスプーンで小さな清和にケチャップごはんを食べさせていない。

「…………」

「まだタイやルアンガイと関わるつもりなの？　まだ問題が残っている？　ボスの息子は見逃してあげて」

氷川は固い筋肉に覆われた清和の胸を軽く叩いた。鍛え上げられた身体《からだ》に新しい傷はついていない。古傷は白い手で労《いたわ》るように優しく撫でた。これ以上、愛《いと》しい男の身体に傷を増やしたくない。

「先生は何も考えるな」

清和はいつもの様子で言ったが、氷川は首を大きく振った。

「無理だよ」

今回、氷川は組長代行として眞鍋組の内部にまで踏み込んでいる。眞鍋組が抱えている問題や葛藤《かっとう》も知った。傍目《はため》から見るより何倍も、清和を取り巻く環境は苛酷《かこく》だ。眞鍋組の隆盛を妬《ねた》む輩《やから》は、清和の苦悩を知らないだろう。

「ボスの息子が先生を口説いたら戦争だ」

清和の背後に青白い炎が燃え上がった。日頃、妬《や》くのはもっぱら氷川のほうだが、清和の独占欲と嫉妬心も半端ではない。極彩色《ごくさいしき》の昇り龍を背負った男は、極道としての本性を躊躇《ためら》わずに出す。

「うん、そんなことは二度とないから安心してね？」

「………」

氷川は安心させるために柔らかく微笑んだがまったく効果はない。この手が駄目ならば次の手だ。

「ボスの息子に関しては清和くんも悪いんだよ？　僕のそばにいてくれないから」

氷川は清和のシャープな顎先《あごさき》を軽く嚙《か》んだ。清和の責任も追及しておく。

「……………」

理不尽だ、と清和の目は雄弁に氷川を詰《なじ》った。文句が喉《のど》まで出かかったような気配がある。

「僕がひとりだと変な妄想を掻《か》き立《た》てるみたい。空き家だと入りたくなるんだって」

氷川が寺島《てらしま》不動産の寺島社長から言われたフレーズを口にすると、清和の鋭い目がさらに鋭くなった。

「……………」

「僕を空き家にしちゃ駄目だよ」

氷川は清和の目尻《めじり》や鼻先に優しいキスを落とした。左右の頬《ほお》や額も唇で軽く触れ、ズボンのベルトを外す。

「寺島にまで狙《ねら》われやがって」

サメが見張っていたのか、祐から報告を聞いたのか、清和はちゃんと寺島に口説かれたことも知っていた。清和にしては珍しく歳相応の妬き方をしている。

「僕も好きで狙われたわけじゃない」

氷川は苦笑を浮かべつつ、自分のネクタイを緩めた。

「……………」

「何度も言うけど、僕の隣にいなかった清和くんが悪いんだからね？　僕もボスの息子も

寺島社長も責めないでほしい」

　氷川はネクタイを引き抜くと、白いシャツのボタンを外していった。肌に清和の熱い視線を感じる。

「…………」

　痛いぐらい清和に凝視されたせいか、薄い胸の突起がぷくりと立ち上がった。氷川は気恥ずかしくてたまらない。

「僕も清和くんがいなくて寂しくてたまらなかったから」

　氷川は白いシャツを床に落とし、自分のズボンのベルトを外した。ファスナーを下ろし、ズボンと下着を脱ぐ。火傷《やけど》しそうなぐらい熱い視線で見つめられ、氷川は羞恥心《しゅうちしん》で頬を染めた。

「…………」

　そんな目で見ないで、と獰猛《どうもう》な男の顔をした清和に言いそうになったが、すんでのところで思い留まる。

　もっと見たいんだね、と清和の願望を満たしてやりたいと思ったが、氷川は自ら淫《みだ》らなポーズを取ることができない。清和への想《おも》いは強いが、理性もきっちりと残っている。氷川は氷川なりに言葉を選んだ。

「清和くんも僕がいなくて寂しかったよね？」

氷川は白い靴下を脱ぎ、ソファの下に落とした。身に着けているものは何もない。

「………」

「返事は？」

氷川が甘い返事を求めたが、清和は素っ気なかった。

「ああ」

早くも清和の目は情欲に塗《まみ》れているが、氷川はどうしても腑《ふ》に落ちない。素肌を晒《さら》したのに清和は神経を尖《とが》らせたままだ。

「どうしてそんなにピリピリしているの？」

「………」

清和の双眸《そうぼう》に走った影を、氷川は注意深く読み取った。まだすべて終わったわけではないと聞いている。

「……眞鍋組に裏切り者がいるの？　今日、総本部に裏切り者なんていなかったよね？」

氷川は裏切り者の存在を思い出し、背筋を凍らせた。眞鍋組の総本部に集まった構成員たちは、心の底から清和の無事を喜んでいた。あの中に裏切り者がいるとは思えない。いや、思いたくない。

「………」

「ホストクラブ・ジュリアスにもいないよね？　オーナーも清和くんと眞鍋のために頑

張ってくれたんだよ？　僕も慰めてくれた」

「…………」

「たとえ、ジュリアスのオーナーやホストが裏切っていても、清和くんやリキくんに罠《わな》は仕掛けられない」

氷川が冷静に判断を下すと、清和は伏し目がちに微笑んだ。

「…………」

「裏切り者、清和くんも祐くんもリキくんもサメくんも気づいていたみたいだけど、いったい誰なの？」

氷川には誰ひとりとして裏切り者らしき人物が浮かばなかった。裏切り者の存在を信じたくなくて、わざと思考回路を狂わせているのかもしれない。

「…………」

「僕が知っている人だね？」

清和の態度からそれだけは感じ取っていた。たぶん、ショックを受けないように気遣ってくれているのだ。

「ルアンガイもしくは東月会《とうげつかい》とシャチが繋《つな》がっていないか、調査待ちだ」

いきなりなんの前触れもなく、清和は諜報活動《ちょうほうかつどう》において一度も失敗したことのない男の名前を出した。シャチはタイに同行し、痛ましくも亡《な》くなっている。諜報部隊の面々はシャチの訃報《ふほう》に大きな衝撃を受けていた。

「……シャチくん？　シャチくんてサメくんの部下のシャチくんでしょう？　タイで亡くなったって……まさか……」

氷川にいやな予感が走り、長い睫毛《まつげ》に縁取られた瞳《ひとみ》を揺らした。

「先生も言っただろう？」

清和に記憶を呼び戻され、氷川は思い当たった。カラダリ大使館でアラブの衣装に身を包んだ清和と再会した時、その根拠のない自信に呆《あき》れると同時に感心し、感謝したのだ。

『……でも、まぁ、悪運が強いんだろうね。同じ車に乗っていたサワラくんが亡くなってしまっても清和くんは生きている。サメくんより凄腕《すごうで》って聞いたシャチくんも亡くなったのに無事なんだから……』

あの時、目の前にいた清和の表情も氷川の脳裏に刻まれている。

「……うん、僕も言った覚えがある。あのシャチくんが亡くなったのに清和くんが無事だったから……そうだよね？　清和くんもリキくんもサメくんも生きているのに、そうやすやすとシャチくんが亡くなったりしない？」

タイに同行したのはシャチ、現地に詳しいヒラメ、東南アジアの血が半分流れているサワラ、機械や銃器に強いアナゴ、各自、実力は折り紙つきだった。しかし、タイでみんな、亡くなってしまった。

祐からシャチの死体の損傷が一番激しかったと聞いた。誰もが認めていたシャチならば、どこかで死体を入手し、身代わりにすることも可能かもしれない。

「ああ」

シャチは亡くなったものだと、清和は疑いもしなかったという。リキやサメにしてもそうだ。

けれど、祐の犯人説が消えた今、シャチがその有力候補として浮かび上がったのだ。

「シャチくんが裏切った？」

「祐でなければシャチしかできない。あいつはきっとどこかで生きている」

清和やリキ、祐も消去法で裏切り者を推定した。今、現在、シャチ以外に考えられないそうだ。

タイで亡くなったヒラメやアナゴ、サワラにあの罠は仕掛けられない。たとえ、三人が共謀していても。

「シャチくんがどうして？」

氷川は疑問と不安に追い立てられるように、清和のシャープな頰を撫でた。

シャチは真面目《まじめ》そうな青年でヤクザの匂《にお》いがまったくしなかった。じかに接したのは短いが好感を持った。どうしたって信じられない。

「わからない」

清和も見当がつかないらしく、きっぱりと言い切った。

「シャチくん、自分も死んだことにしているから眞鍋組の組長になりたいとか、シマが欲しいとか、そういうんじゃないよね？」

氷川は何かに突き動かされたようにシャチの動機を探ろうとした。シャチが裏切り者であってほしくない。そんな思いが強いのだ。

「ああ」

「お金？　東月会からお金で雇われたとか？」

「その可能性は限りなく低い」

サメ率いる影の実動部隊の暗躍が清和驀進《ばくしん》の最大の要因である。シャチの存在を知り、大金を積んで引き抜こうとした暴力団関係者もいたらしい。それでも、シャチは金銭で動かなかった。誰よりも忠実な男だったのだ。

「……お金じゃなかったら女性？」

金と女、これが世の男を堕落させる二大要素だと、世情に疎《うと》い氷川も知っていた。勤勉な医師でも、時に金と女性で身を持ち崩していく。

「シャチに女はいない」

「シャチくんが密かに好きな女性がいるとか？」

シャチは苦しい恋をしていたのかもしれない。氷川はシャチのロマンスを口にしたが、清和は取り合わなかった。

「いない」

「どうして断言できるの？」

氷川は職場で清和の存在を隠しているからか、シャチの秘めた恋の可能性が捨てられない。

「サメが呆れていたからだ」

リキほどひどくはないが、シャチも女性と深く接しようとはしなかった。せいぜい風俗で遊ぶくらいだ。どうやら、女性に安らぎを見いだせなかったらしい。かといって、同性愛趣味はないそうだ。

「ギャンブル？」

氷川は思いつくまま破滅の原因を口にした。海外のカジノ、競馬に競輪、マージャン、巷《ちまた》に溢《あふ》れているパチンコでも人生を狂わせた男女は珍しくない。子供を駐車場に置いたままパチンコに興じる母親には、鉄鎚《てっつい》を食らわせたくなる。

「しない」

「参考までに聞きたいんだけど、シャチくんの趣味は何？」

履歴書の趣味の欄で大人気の読書を想像してみたが、シャチにはあまりしっくりしない。釣りやスキーも違和感があった。

「ない」

シャチを語る清和の返答は呆れるぐらい簡潔で感情が込められていない。清和自身、ストイックなシャチの日々に感心しているのかもしれないが。

「何が楽しみで生きていたの？」

清和と再会する前、氷川は職場と自宅の往復しかしなかった。たまに大学に顔を出すくらいだ。自分のことを棚に上げ、シャチのプライベートに首を傾《かし》げる。

「……男は楽しくなくても生きる」

清和は橘高から叩き込まれた男の哲学を口にする。氷川は唖然としたが、すぐに気を持ちなおした。

「もしかして、仕事が趣味？」

氷川は過去の自分に思い当たり、真面目一徹のシャチに重ねてみる。仕事一筋だからこそ、シャチは神業《かみわざ》とまで揶揄《やゆ》された実力を発揮できたのかもしれない。

「そうかもしれない」

シャチの忠誠は清和一身に注がれている。それは誰よりも清和が知っているようだ。ゆえに、シャチに疑念を抱かなかったのだろう。

「シャチくんに清和くんを裏切る理由はないよ？」

氷川が削《そ》げた頬を指で突《つつ》くと、清和は低い声でポツリと言った。

とという。

「過去に東月会と何か関係があったのかもしれない」

「過去?」

「過去かもしれない」

サメは部下だけでなく興信所時代のコネやツテも使い、シャチの過去を洗い直しているという。

「シャチくんはサメくんの部下でしょう?」

サメは全幅の信頼をシャチに寄せていた。いや、清和やリキ、祐も心の底からシャチを信頼していた。

ちなみに、サメの男の嫁として現れたのはネクタイを締めたシャチだ。似合いの夫婦ではなかったが、絶対に突き崩せないふたりだった。

「サメはシャチの過去を聞いているが……」

「シャチくんは外人部隊にいたって聞いたけど」

「それは確かだ」

清和は世間話をするようにシャチの過去を語り始めた。

シャチは岐阜《ぎふ》県にある下呂《げろ》温泉の温泉旅館で仲居をしていた母親の婚外子として生まれた。父親の顔も名前も知らないという。

中学二年生の夏、母親とともにシャチは上京する。

高校卒業後、母親に連れられ、シャチはフランスに渡ったそうだ。なんでも、母親が初老のフランス人男性の後妻に入ったらしい。けれど、シャチはフランスと義父に馴染めなかった。実際、何があったのかわからないが、シャチは思い切り道を踏み外し、外人部隊に入隊したのだ。結果、サメの部下になった。

「外人部隊に入隊してきた時、シャチの殺気は凄《すご》かったらしい。ギラギラしていたそうだ」

清和はどこか遠い目で在《あ》りし日《ひ》のシャチとサメを口にした。言うまでもなく、清和も当時のふたりを知らない。

「シャチくんの殺気？　ギラギラ？」

現在のシャチからは想像できないので、氷川はひたすら仰天する。ギラギラという形容はまだ清和のほうが近い気がした。

「ああ、刃物みたいな男だったらしい」

当時のシャチには目が合った瞬間、銃口を向けられるような殺伐《さつばつ》とした雰囲気があったそうだ。陰惨な顔つきも外人部隊の中で群を抜いていたらしい。

「刃物？　想像できないけど……」

当人同士にも理由はわからなかったらしいが、サメとシャチは立場を超え、意気投合したらしい。

シャチはサメにつき従って帰国したそうだ。

「シャチが外人部隊にいた期間は短い」

「僕もシャチくんから聞いた。何か不審な点でも？」

「シャチは確かに下呂温泉で生まれている。母親が働いていた旅館にも確かめた」

氷川は指導教授に連れられて下呂温泉に行ったことがある。不況で廃《すた》れていく温泉街が多い中、下呂温泉は奮闘していた。トマトや飛騨牛《ひだぎゅう》など、飛騨産の食材を使った料理は絶品だった記憶がある。

「それで？」

「これといって不審な点はないんだが……」

察するに清和もリキもサメも、シャチの過去に神経を尖らせている。どこかで東月会と関わっているかもしれないからだ。

「もしかして、実の父親が東月会の関係者とか？」

氷川は一番それらしいシャチの過去を口にした。実父が東月会の関係者ならば、シャチは逆らえないかもしれない。

「実の父親は妻子持ちのサラリーマンらしい」

今回の調査でサメは当時をよく知る人物から情報を仕入れたそうだ。シャチは実の父親と面識はないらしいが、素性はちゃんと知っているという。

氷川は不実な父親を心の底から詰《なじ》った。

「なんて男だ。家庭があるのにほかの女性に子供を産ませちゃ駄目だよ。僕はそういういい加減な男が一番許せない」

氷川の全身の血が逆流しかけた。不倫に勤《いそ》しむ同僚医師を見ているが、婚外子は作らないように注意しているケースが多い。

「………」

「清和くんはそんなことしていないよね？」

氷川が目を吊り上げると、清和はなんとも形容しがたい顔で頷いた。眞鍋組の組長の仮面が外れている。

「ううん、清和くんも温泉街で女性と派手に遊んでいたね？　まさか、どこかに子供がいるの？」

氷川は据《す》え膳《ぜん》をきっちり食べてきた清和の過去を思い出す。再会する前とはいえ、笑って流せる話ではなかった。

「いない」

氷川は清和に馬乗りになり、真正面から睨《にら》みつけた。さりげなく視線を逸らそうとする清和の顎を摑む。

「本当に？」

氷川は感情に任せて、清和の逞しい胸を叩いた。

「ああ」

清和に嘘《うそ》をついている気配はないが、どうしたって、魅力的な若い女性が背後に何人も現れる。タレントの卵や駆け出しのファッションモデル、西洋人形のような女子大生など、眞鍋組資本のクラブに在籍している美女たちが走馬灯のように駆け巡った。菊奴姐《きくやっこねえ》さんに春駒《はるこま》姐さんに小鈴《こすず》姐さんに奈々枝《ななえ》ちゃんに沙耶香《さやか》ちゃん、温泉地で清和の相手をした女性の名前も次から次へと浮かぶ。

「もう、誰も僕の清和くんのそばに寄っちゃ駄目っ」

自分で自分をコントロールできなくなり、氷川は思い切り感情を爆発させた。大事な清和のそばに近寄る女性は、なんとしてでも排除しなければならない。鬱屈《うっくつ》した想いが湧《わ》き上《あ》がってくる。

「………」

「清和くんは僕だけのものだから」

氷川の目は興奮で潤み、白い肌はほんのりと染まり、凄絶《せいぜつ》な色気を漂わせていた。そういった嗜好《しこう》のない男でも血迷うかもしれない。

「ああ」

清和は眩《まぶ》しそうに氷川を見つめている。

「ちゃんとわかっているね？」

氷川が涙目で念を押すと、清和は大きく頷いた。

「わかっている」

氷川は清和の額や頰に唇を押し当てた。愛しい男を頭からすべて食べてしまいたい心境に陥る。

「……駄目だ、清和くんが好きすぎておかしくなる」

氷川は迸《ほとばし》るような本心を吐露した。年上のプライドやメンツなど、とっくの昔にかなぐり捨てている。

「俺もだ」

清和の表情はかわらないが、確実に照れている。そして、氷川を口説こうとした男たちに妬いていた。最後の理性とプライドで嫉妬心を口に出さないようだ。

「僕たちよく離れていられたね」

氷川は清和の唇に優しいキスを落とす。何よりも愛しい男がいなければ息もできないだろう。

「そうだな」

氷川は清和の分身に気づき、そろそろと手を伸ばした。すでに彼の雄々しい分身は氷川を求めて形を変えている。

「僕と離れている間、誰にも触らせていないよね？」

氷川は白い指で清和の亀頭《きとう》を意地悪く弾いた。

「ああ」

「僕以外に大きくならないで」

氷川が上ずった声でズバリ言うと、清和は口元を緩めた。

「ああ」

「イワシくんが福島《ふくしま》の湯本《ゆもと》温泉の出身、エビくんが甲府《こうふ》出身で殿下と初めて会ったのが湯《ゆ》村《むら》温泉、シャチくんが下呂温泉、なんか温泉町が多いね。これは偶然？」

氷川がなんの気なしに言うと、清和は真顔で黙り込んだ。どうやら、今までに一度も考えたことがなかったらしい。

「温泉町は旅館もホテルも土産物屋も倒産して、下手をするとシャッター通りになっているところもあるらしいんだ。どの温泉町も苦しいらしいけど、関係があるのかな？　地元に職がないから都会に出て、挙げ句の果てにはヤクザになるの？」

生き甲斐《いがい》を見失っている老人患者に、湯治《とうじ》を強く勧める医者がいた。氷川も湯治に異議は唱えない。ただ、湯治は気分転換には最適だが、場所はちゃんと選んだほうがいいらしい。不景気に直撃された温泉町だと、世の中を儚《はかな》み、精神的にますます鬱屈してしまうそうだ。半面、観光化が進んだ温泉地だと、楽しそうな観光客に当てられ、孤独感を募らせるらしい。

「…………」

「温泉地、っていえば……下呂温泉は足湯があちこちにあって楽しかったよ……シャチくんも足湯に浸《つ》かっていたのかな……東月会の会長が遊びに来たりして……子供のシャチくんがアイスクリームを奢《おご》ってもらったとか……」

氷川は強引に足湯に浸かるシャチを想像した。母親が働いている温泉旅館に東月会の会長を登場させる。

「…………」

「……ううん、温泉地、温泉地って変に考えすぎないほうがいいかもしれない。今回、祐くんも考えすぎてサメくんを疑ったみたいだから」

氷川は温泉町に反応した自分を叱咤《しった》しつつ、清和の分身を軽く扱いた。これ以上大きくならないと思っていたのにさらに膨張する。

「もう、考えるな」

清和は温泉という言葉に何も不審を抱いていない。あくまで偶然と判断したようだ。

「清和くん、僕が欲しそうだね」

もっともっと自分を欲しがってほしい、と氷川は白い指に強弱をつけて清和の分身を煽《あお》った。

「ああ」

「僕も清和くんにあげたい」

氷川が清和の首に手を回すと、それが合図になった。それまでおとなしかった年下の男が男性フェロモンを撒《ま》き散《ち》らす。今まで必死になって抑えていたらしい。

「いいんだな」

「僕のところに戻ってきてくれたからあげる。いい子だね」

氷川の声には艶《つや》があったが、いい子呼ばわりされた清和は不服そうだ。雄々しい分身も反抗するように主張している。

「…………」

氷川は清和への想いがさらに大きくなった。愛しいなんてものではない。清和が可愛くてどうにかなりそうだ。

「いい子だから特別にさせてあげる。……少しなら、ほんの少しならＡＶみたいにいやらしいこともしていいよ」

氷川は清和の口元に自分の薄い胸を押しつけた。せいいっぱいの甘い誘惑だ。

「…………」

清和に左の乳首を甘く嚙まれ、氷川は身体を震わせる。

「いやらしいこと、したいんだね？」

清和の大きな手が氷川のほっそりとした腰に回った。

「当たり前だろう」

わかりきっていることを訊《き》くな、と清和は心の中で呟いているようだ。

「清和くんだけ、特別だよ」

「俺以外にさせるな」

清和の手を臀部《でんぶ》に感じ、氷川は腰をくねらせた。

「うん、僕には清和くんしかいないもの」

ふたりの甘くて熱い時間はこれからだ。


ソファでお互いに一度昇りつめた後、ベッドルームに移動した。氷川は清和の腕によってシーツの波間に沈められる。

すぐに清和が体重を乗せてきた。氷川にとって慣れ親しんだ心地好い重さだ。痩《や》せた気配はない。

「清和くん、全然痩せていない。清和くんが僕のことが心配で食べられなくなった、ってサメくんから聞かされたから」

組長代行を降りない氷川に焦《じ》れて、サメは老人患者に扮《ふん》して勤務先に現れた。氷川が清和の食欲不振の理由にされたものだ。

「…………」

清和の冷たい視線が静かに氷川を詰っていた。氷川を案じるあまり、食欲が失せたのは真実らしい。

「サメくんが言っていたのは本当だったの」

「…………」

「でも、清和くん、よく食べるからそれぐらいでいいのかも」

氷川は清和の広い背中を摩《さす》りながら言った。当然、悪気はいっさいない。

「…………」

「ごめん、僕も心配させたみたいだね」

氷川は清和の肩口をペロリと舐《な》めた。

「…………」

清和の並々ならぬ怒気を感じ、氷川は当時の状況を口にした。

「僕も必死だったんだ」

「……わかっている」

清和の身体がふたたび熱くなっていることに気づき、氷川は雪のように白い肌を紅《あか》く染めた。今が盛りの若い男が一度で収まらないことはよくわかっている。おまけに、久しぶりだ。氷川も身体の最奥《さいおう》が疼《うず》いていた。

「もっとしたい？」

氷川が上目遣いに尋ねると、清和は低い声で言った。

「ああ」

「いいよ」

氷川は自分から足を開き、若い男を煽った。

ゴクリ、と息を呑《の》む清和が愛しい。

それから、底が知れない若い男を二度受け止めた。辺りに生々しい匂いが漂っているがこれといって不快感はない。

氷川は言葉では形容できない幸福感に酔いしれた。

「清和くん、僕、生まれてきてよかった」

氷川が昂《たかぶ》った感情をストレートに口に出した。

生まれてすぐ施設に捨てられた過去も、清和という愛しい男の存在で水に流せる。施設時代の苦労や悲哀も、清和の前では完全に霞《かす》んだ。愛しい男に巡り合うためだと思えば、どんな苦悩も許せるような気がした。

「俺もだ」

「僕は……」

自分でもわからないが、氷川は清和の腕枕《うでまくら》で助けてもらった人物を思い出す。影の実動部隊に所属していたエビと恋人であるカラダリ王国の皇太子には世話になった。満足に礼も言わずに退出している。

「どうした？」

「……うん、清和くん、あれからエビくんと殿下はどうしたの？」

氷川の唐突な質問に、清和は少なからず戸惑ったようだ。

「帰国した」

「殿下は仕事を放りだして来たの？」

カラダリ王国大使館で交わされた会話が氷川の耳に残っている。エビだけでなく清和やサメも皇太子の側近に同情していた。

「……らしい」

「大丈夫だったの？」

「……たぶん」

清和の歯切れの悪い言葉に、氷川は目を見開いた。

「清和くん、エビくんと殿下に何かあるの？」

「ない」

清和はきっぱりと断言したが、緊張感がひしひしと伝わってくる。身体を密着させているので、氷川には手に取るようにわかった。

「それなのに、どうして？」

「頼むから、エビと殿下は忘れてくれ」

アラブの皇太子など、あまりにも遠すぎて現実味が湧かない。じかに接した後でも雲の上の人物だ。

「うん？　わかっているよ？」

カラダリ大使館に向かう車の中で、エビの携帯番号を教えてもらった。何かあった時、エビに助けを求めてもいいらしい。その時、エビの純粋な笑顔に氷川は吸い込まれそうになった。

「わかっているなら」

清和が目で訴えていることに氷川は気づいた。

「話もしないほうがいいの？」

「ああ」

「誰も聞いていないのに」

広々としたベッドルームには氷川と清和しかいない。ほかの部屋にも人はいない。いくらなんでも忍び込んではいないだろう。

「…………」

「まさか、盗聴器が仕掛けられているの？」

氷川にいやな予感が走り、真っ青になった。ベッドルームに盗聴器が仕掛けられていたら、つい先ほどまでの情交も聞かれている。

「いや」

清和は即座に否定したが、氷川は釈然としない。

「じゃあ、どうしてそんなにピリピリするの？」

氷川が怪訝《けげん》な目で指摘すると、清和はさりげなく視線を逸らした。感情を読み取られたくないのだろう。

「…………」

カラダリ王国の皇太子に関し、清和が最も恐れていることに気づく。氷川はにっこりと微笑んで、清和に優しく提案した。

「殿下に頼んで名取《なとり》グループに圧力をかけてもらおうよ。もともとエビくんはうちの兵隊さんだったんだし、古臭い考えに縛られてもいないから……」

氷川がすべて言い終わる前に、清和がきつい目で遮るように口を挟んだ。

「やめろ」

一瞬にして部屋の空気が変わった。

「僕、最後まで言っていないのに」

氷川はふてくされたが、清和は恐ろしいぐらい張りつめていた。眞鍋組の最大要注意人物に対する危機感は半端《はんぱ》ではない。勝手に氷川がエビに連絡を取り、カラダリ王国の皇太子を動かすことを恐れているのだろう。氷川の行動力は時に眞鍋組を凌駕《りょうが》する。

「やめてくれ」

「殿下は名取グループに圧力をかけようと思えばかけられるんだね？」

カラダリ王国の皇太子はビジネスで天才的な手腕を発揮し、名取グループとも仕事上のつきあいがある。そもそも、エビと皇太子の出会いのきっかけは名取グループ会長の依頼だった。

「…………」

「どうして殿下に圧力をかけてもらわないの？　エビくんだって眞鍋組に協力してくれると思うよ……って、訊くだけ無駄だよね？　清和くんはそんなことができない」

経済的に逼迫《ひっぱく》していた眞鍋組に手を差し伸べてくれたのは名取グループ会長だ。清和と眞鍋組の大恩人である。

「名取会長の援助がなければ今の眞鍋はなかった」

清和は冷徹な切れ者として修羅《しゅら》の世界に勇名を轟《とどろ》かせているが、昔気質《むかしかたぎ》の極道の薫陶《くんとう》を受けて育った。よほどのことがない限り、義理を重んじ、礼儀を尽くす。それこそ清和が関東随一の大親分に気に入られている理由のひとつだ。

「名取会長が援助しなかったら眞鍋組は潰れて、清和くんはヤクザにならずにすんだのに。よけいなことをしてくれたね……って本当は言いたいけど今は言わない。名取会長に感謝する気持ちはわかる」

氷川は切々と複雑な心境を漏らした。

「ああ、俺もリキも感謝している」

「でも、名取会長の息子さんは許さないよ」

大切な清和を狙った名取会長の息子は、どうしたって許せそうにない。できるならば、カラダリ王国の皇太子の権力も駆使したい気分だ。

「…………」

清和の鋭い双眸に影が走り、周囲の空気も重くなった。密着している肌から清和の声が伝わってくる。

「清和くん、まさか、許す気？」

一瞬、清和の感情を読み間違えたと思ったが違う。氷川は信じられなくて目を大きく瞠《みは》った。

「…………」

本来ならば嬲《なぶ》り殺《ころ》したいはずだ。清和自身、必死になって自分を抑え込んでいる気配がある。

「暴力は反対だけど名取会長のドラ息子は許せない。二度と僕の清和くんに手を出さないようにお灸《きゅう》を据えてもらわないと」

氷川は般若《はんにゃ》のような形相でまだ見ぬ名取会長の跡取り息子を罵《ののし》った。名取グループのビッグプロジェクトに参加する寺島《てらしま》不動産の社長とスタッフを襲わせたことも許せない。しかし、誰よりも苛烈《かれつ》なはずの昇り龍は黙り込んでいる。

「清和くん？　今回、許したらまた命を狙われると思う」

氷川がいちいち説明しなくても、男の世界で生きている清和は熟知している。こういったことを一度でも見逃したらおわりだ。

「…………」

「まぁ、祐くんがビルの地下での東月会とのやりとりを録音したよね。名取会長に聞かせたらなんとかなるかな？」

眞鍋組随一の策士は東月会の会長に巧妙な罠を仕掛けていた。今回、東月会と名取会長の跡取り息子が共謀した証拠は無事に録音している。名取会長がどう出るか不明だが、今後のためにも申し出たほうがいい。

「…………」

清和には何事をも耐え忍ぶ気配がある。

「まさか、清和くん、せっかく祐くんが録音したやりとりも名取会長に聞かせないつもり？」

氷川は素《す》っ頓狂《とんきょう》な声を上げ、清和の横顔をまじまじと眺めた。泣く子も黙る眞鍋の昇り龍は名取会長にとことん忠誠を誓っているようだ。

「……………」

「どうして？」

氷川は清和のシャープな頬をペチペチと叩いた。馬鹿、と大声で罵りたい気分だ。いや、どんなに罵倒《ばとう》しても足りないだろう。

「……………」

「古臭いとか言っている橘高さんと同じ考えなの？　名取会長の大事な跡取り息子にこんなことをさせてしまってすまない、とか？」

名取会長の跡取り息子の立場を思えば、名取グループ挙げてのビッグプロジェクトを下りるべきだったのだろう。たとえ、名取会長から指名されていても。

呆れるぐらい昔気質の橘高ならば、決して相手を詰ったりはしない。相手に恩があったらなおさらだ。

「……いや」

清和も名取会長の跡取り息子には腸《はらわた》が煮えくり返っている。本来ならば今すぐにでもヒットマンを送り込みたいはずだ。ただただ名取会長への恩を思い耐えている。たいした自制心だ。

「さすがにそこまでは古臭くないか」

氷川が安堵の息を漏らすと、清和は軽く頷いた。

「ああ」

「清和くんが許しても僕は許さないからね」

許してあげて、といつも清和を宥《なだ》めている氷川が怒りの炎を燃やす。すべては清和への切ない想いだ。

「俺も許す気はない」

清和の並々ならぬ決意に気づき、氷川は綺麗《きれい》な目を大きく見開いた。

「……ビジネスでやりかえすつもりなの？」

新しい眞鍋組を模索している清和は、正規の戦い方を選んでいた。名取会長の跡取り息子が邪魔しようとした仕事を清和が成功させればいい。

「ああ」

清和は静かな闘志を燃やしている。

「そうだね？　ドラ息子はそれが一番辛《つら》いかもね？　名取グループのビッグプロジェクトを成功させてやるんだね」

氷川は許しがたい相手に最高の復讐《ふくしゅう》を見つけた。

「ああ」

「清和くん、ドラ息子に無能のレッテルを貼《は》るつもりだね？」

二度と手を出せないように手加減なしで攻めればいい。氷川は目を輝かせ、清和の顎先を舐めた。

「…………」

「僕の可愛い清和くん、いい考えです」

氷川は満面の笑みを浮かべると、清和の胸に顔を埋めた。冷静かつ賢明に事を処理する眞鍋組の組長が頼もしかった。

3

翌日の朝、冷蔵庫に食材がなかったので、氷川《ひかわ》と清和《せいわ》は近所にある二十四時間営業の喫茶店で朝食を摂《と》った。薔薇《ばら》の造花が飾られた窓際《まどぎわ》のテーブルに座り、朝靄《あさもや》のかかった街を眺める。夜が明けた不夜城はどこか寂しい。

喫茶店の主人はいそいそとコーヒーのおかわりを運んでくる。ピーナッツとラスクがサービスでついていた。

店内には眠そうなホストとキャバクラ嬢のグループが点在している。野性的な外見のホストがトーストに齧《かじ》りつく清和に目を丸くしていた。どうやら、清和の素性《すじょう》を知っているようだ。

二代目組長の復活を示すためにもいいかもしれない。

清和の背後のテーブルにはリキと祐《たすく》が陣取り、ハムが添えられたスクランブルエッグのモーニングセットを食べていた。

昨夜別れてから、リキと祐は一睡もしていないらしい。

祐には疲労がありありと表れていたが、なんとも形容しがたい覇気があった。清和とリキの復活で勢い込んでいるのだろう。名取《なとり》グループのビッグプロジェクトを辞退する気はさらさらなく、新しい担当者を指名し、猛スピードで仕事を進めていた。

眞鍋《まなべ》組の界隈《かいわい》で暴れている暴力団には、リキから挨拶《あいさつ》という名目の厳重注意を入れたという。それでも仕掛けてきたら、それこそ全面戦争を覚悟するしかない。先方の出方を注意深く見守る。

氷川の背後にあるテーブルでは、ショウと宇治《うじ》がモーニングセットに加えカレーライスとおにぎりも食べていた。ふたりとも眩《まぶ》しいぐらい潑剌《はつらつ》としている。昨夜、ホストクラブ・ジュリアスのオーナーに遊ばれた宇治の疲労は消えていた。

早朝にも拘《かかわ》らず、客は途切れない。

「いらっしゃいませ」

ドアが開き、ギャル系の雑誌からそのまま飛びだしてきたような女性の三人組が、店内に入ってきた。どこからどう見ても素人女性《しろうとじょせい》ではない。

ドレス姿の女性がショウに声をかけた。

「ショウ、あんた、なんでこんなところにいるの？」

顔見知りらしく、ショウはフォークでトマトを刺したまま答えた。

「こんなところ、ってなんだよ。見ればわかるだろ、メシ食《く》ってるんだよ」

ショウはテーブルに並んだ料理を顎《あご》でしゃくった。

「だって、あんた、ホモになったたって聞いたわよ？　男と結婚したんでしょう？　男と結婚して外国に飛んだんだと思ってた」

爆弾発言が飛びだした瞬間、ショウは霊長類とは思えない声を出した。

「……ごぉほほほほほほほほほほふぉっ？　ぐほぅっ？」

肩越しに聞いていた氷川も驚愕《きょうがく》したが、目の前にいる清和は無言でハッシュドポテトを咀嚼《そしゃく》している。

ドレス姿の女性が興味津々《きょうみしんしん》といった風情《ふぜい》で、ショウの顔を覗《のぞ》き込《こ》んだ。

「それで、どんな男と結婚したの？」

派手な女性の三人組がいっせいに楽しそうに声を立てて笑うと、ショウは勢いよく椅子《いす》から立ち上がった。

「馬鹿野郎《ばかやろう》、俺が男なんかと結婚するかっ。いったいどこからそんなデマを聞いたんだーっ」

店内に耳をつんざくショウの罵声《ばせい》が響き渡り、氷川は思い切り慌てたが、店の主人は楽しそうに口元を緩めている。それぞれのテーブルにいる客もショウを非難している様子はない。奥のソファ席で泥酔したキャバクラ嬢が寝息を立てている店ならではのおおらかさだ。

清和は熱いコーヒーを飲んでいるし、祐やリキもショウを咎《とが》める素振りはない。宇治でさえ完全に無視し、スパイスの効いたカレーをせっせと口に運んでいる。

「ショウの結婚話はお店の女の子から聞いたの」

どうやら、眞鍋組が出資している店で働いている女性らしい。けど、眞鍋組の頂点に立つ清和やリキの顔は知らないようだ。もしかしたら、勤めている店が暴力団と関係があることさえ知らないのかもしれない。

「どこからそんな噂が流れたのか知らないけど、俺は根っからの女好きだ。俺に誰か紹介しろ」

ショウが仁王立《におうだ》ちで凄《すご》むと、ドレス姿の女性は金色に染めた髪の毛の先を指でくるくるっ、と丸めた。若い女性特有の意味深な仕草だ。

「ショウに紹介しても無駄だしぃ」

「なんで？」

ショウが顔色を変えると、ドレス姿の女性は軽く身体《からだ》を揺らした。

「すぐに女の子を泣かせるしぃ」

「俺は泣かせた覚えはない」

ショウは胸を張って宣言したが、ドレス姿の女性は首を大きく振った。傍《かたわ》らにいる女性たちも競うように首を振っている。女性たちの間では女癖の悪い男としてショウは認識されているようだ。

「泣かされているのは俺のほうだろ」

ショウの目は血走り、異様な瘴気《しょうき》を放っていた。過去の女性たちが脳裏に並んでいるのかもしれない。どのような女性でも別れ際はいつも同じだと言っていた。

氷川もショウの女性関係は聞いて知っているが、天と地がひっくり返ろうとも褒められない。

「嘘《うそ》つき」

ドレス姿の女性は手と腰を同時に振った。本人は意識していないだろうが、男にすればそそられる動作だ。

普段ならば、ショウも鼻の下を伸ばしていたかもしれないが、今はそれどころではない。

「嘘なんてついていない。俺、可哀相《かわいそう》な男なんだぞ、女の子を紹介しろ」

コーヒーの香りが漂う店内に、狼《おおかみ》の遠吠《とおぼ》えにも似たショウの絶叫が響き渡った。氷川はショウの奮闘に感心してしまう。

「……じゃあ、ジュリアスの京介《きょうすけ》くんとデートさせてくれるなら、スタイルがよくて可《か》愛《わい》い女の子を紹介してあげる」

女性はしたたかなのか、きっちりと交換条件を提示してきた。

まさしく、ホストクラブ・ジュリアスの京介は夢の国の王子様だ。しかし、そう簡単にデートはできない。

「よし、京介に言っておくから可愛い女を紹介しろ」

ショウがなんの躊躇《ためら》いもなく承諾すると、ドレス姿の女性は飛び上がらんばかりに喜んだ。京介を恋い慕っているのだろう。

「わかったわ。じゃ、またメールするから」

ドレス姿の女性がウインクを飛ばすと、ショウはガッツポーズを取った。

「おお」

「ちゃんと京介くんを連れてきてよ」

念を押す女心がいじらしい。

「任せておけ」

派手な女性の三人組は髪の毛が寂しい中年男性が座っているテーブルに向かった。客と待ち合わせをしていたらしい。

「ショウくん、なんてことを……」

氷川が控え目に呟《つぶや》くように言うと、ショウは屈託のない笑顔を浮かべた。

「俺、これでやっと女ができるかもしれない。ここ最近、全部、空振りなんスよ」

なんでこんなに女ができなかったんだろ、とショウは独り言のように続けた。椅子に座り直し、ハムを一口で食べる。

氷川は背中合わせに座っているショウに甘い声で尋ねた。

「そんなに女の子が好きなの？」

「当たり前っス」

「京介くんはどうするの？」

氷川がさりげなく幼馴染《おさななじ》みの名前を出すと、ショウはフォークを持ったまいきり立った。

「京介？　あんな奴は知らねぇ。カップラーメン食ったぐらいで怒るんスよ」

おにぎりに寿司に揚げパンに、ショウと京介の大乱闘の原因はいつも食べ物だった。氷川は呆れ果てるしかない。

「また食べ物でケンカしたの？」

「あいつが悪い。マジに悪い。すんごく悪い。全部、悪い」

京介を罵倒するショウには物凄い迫力があった。ショウの居候先《いそうろうさき》は京介のマンションで、家賃も生活費も出してはいない。それどころか一方的に面倒をかけている。本来ならばショウは京介に口が裂けても文句が言えない立場だ。

「京介くんは悪くないと思う」

氷川が京介の肩を持つと、ショウの鼻息は荒くなった。

「いや、京介が悪いっス」

「……それで、ショウくんは京介くんをお嫁さんにしたんじゃなかったの？」

倒した。

氷川が悪戯《いたずら》っ子《こ》のような顔で指摘すると、ショウは水が入っているグラスをテーブルに
宇治がしかめっ面《つら》でテーブルに広がる水をナプキンで拭く。ショウと一緒にいると、誰もが甲斐甲斐《かいがい》しくなるのかもしれない。

「僕、ショウくんは京介くんをお嫁さんにしたんだとばかり思ってた」

ショウが男の嫁として連れてきたのは幼馴染みの京介だ。どう考えても偽装カップル以外にありえない。氷川が証明を求めると、ショウは京介とキスまでしてみせた。今でも鮮明に覚えているが、愛の欠片《かけら》も感じさせないキスシーンだった。

「……そ、そ、そ、そ、そ、そ、それは……」

単純なショウは清々《すがすが》しいぐらいしどろもどろになった。氷川の攻撃は有効だ。

「京介くんがいるのに女の子を紹介してもらうの？　それも京介くんを餌《えさ》に？」

氷川はわざとらしいぐらい悲しそうな声で言いながら、ショウの肩をポンポンと軽快に叩いた。

「……は、は、は、は、は、は、は、は、は、はは、ははははははは……」

今、ショウは異次元を彷徨《さまよ》っているようだ。

宇治は俯《うつむ》いたまま、決して顔を上げようとはしない。男の嫁に関して話をされるのがいやなのだろう。昨夜、男の花嫁役であるジュリアスのオーナーにさんざんいじられた後

だ。宇治は必死になって、氷川の前でジュリアスのオーナーの花婿役を果たした。意外にも相性はいいのかもしれない。

「僕、ショウくんの結婚相手は京介くんがいいな」

幼馴染みの夫婦だね、と氷川はイントネーションをつけて歌うように続けた。素直なショウの反応が面白いのでやめられない。

「……ぐはっ」

ショウは今にもその場に崩れ落ちそうな雰囲気だ。

「ショウくん、自分の言葉には責任を持とうね？　発言がブレるのは政治家だけにしておかないとね」

清和がタイに行く前、眞鍋組一丸となって氷川に退職を迫った日のことは今でもはっきり覚えている。単純単細胞をそのまま体現したようなショウのふんばりも憎たらしいぐらい見事だった。二度とあんな大芝居を打たないように、きっちりと釘《くぎ》は刺しておかなければならない。氷川は白皙《はくせき》の額に闘魂の鉢巻きを巻く。

「……あ、あ、姐《あね》さん……」

「それとも、ショウくんがお嫁さんなの？　前にも言った記憶があるけど、ショウくんはお嫁さんのほうがいいかな？」

いやがるとわかっていて、氷川は爆弾を落とした。

当然、ショウの周囲に台風が巻き起こる。男としての自尊心と競争心に火がついたらしく、殴り込みに行くような顔をした。

「嫁は京介っス」

ショウは持てる根性を振り絞り、氷川の爆弾に耐えていた。律儀《りちぎ》な彼は氷川の言葉を無視したりしない。

氷川と同じテーブルに着いている清和は、完全に聞き流している。ライ麦パンのサンドイッチに手を伸ばしていた。

「お嫁さんを泣かせちゃ駄目だよ」

ふっ、とショウは不敵にも鼻で笑った。

「嫁は泣かせるもんです」

ショウが極道の顔を覗かせたので、氷川は黒目がちな目を揺らした。

「なんてひどい」

「ひどくねぇっス。俺の嫁は俺のために泣くのが仕事っスよ」

母親と嫁にはどんなに苦労をさせてもいい、という説が極道にはある。清和の義父である命知らずの橘高も、さんざん自分の嫁に苦労させた。

「まぁ、僕も清和くんにはさんざん泣かされているかな？　昨日、総本部にいらした女性はどんな関係なんだろう？」

氷川は上品な口元に手を当て、嫌みっぽく溜《た》め息《いき》をついた。

誰も氷川の問いに答えない。

瞬時にショウは真っ青な顔で固まった。宇治は食べ終わったカレーライスの皿を凝視している。

昨夜、清和の復活を聞きつけ、総本部には関係者が続々と詰めかけてきた。氷川の舎弟を名乗る桐嶋《きりしま》組の組長も、とっておきの日本酒を持って駆けつけてくれたものだ。その中にやたらと色気のある女性がいた。眞鍋組資本のクラブで働いているホステスではないらしい。

「……萌黄色《もえぎいろ》の着物で帯は銀、髪には銀の簪《かんざし》が挿さっていた。清和くんを見た途端、泣き始めた女性だよ」

氷川は硬直したショウから清和に視線を流した。けれど、清和は黙々と卵を挟んだライ麦のサンドイッチを食べている。

やはり、問い詰めるならば清和ではなくショウだ。氷川はきつい目でショウに言葉を向けた。

「結婚指輪はしていなかったけど、右手の薬指にエメラルドの指輪をしていた。清和くんが買ってあげたわけじゃないよね？」

ショウは氷川の観察力に自分を取り戻したようだ。

「……よ、よく見ていますね」

エメラルドの指輪に触発されたのか、ショウは氷川の手を確かめるように見た。指輪は一つもない。

「当たり前でしょう？　清和くんの半径一メートル以内に近づく女性はチェックするよ」

氷川が凛《りん》とした態度で言うと、ショウは感嘆の息を吐いた。

「す、すげぇ……」

「ショウくん、あの女性はどういう方？」

「そんなに怖い顔しないでください。ほかの組の姐さんですよ」

眞鍋組と友好的な関係を築いていた組長の姐だという。去年、組長が死亡し、姐は独りになったそうだ。今、飲み屋を開いているらしい。

「清和くんは未亡人に手を出したの？」

夫を亡《な》くした未亡人に魅了される男は決して少なくはない。夫を亡くした看護師に対する同僚医師の下心に辟易《へきえき》した記憶があった。つい先日まで、氷川も同じ立場に立っていたらしく、あちこちから狙われていたらしい。

「出していねぇっス」

ショウは腹の底から絞りだしたような声で言った。すでに額には脂汗が噴き出ている。

「彼女が据え膳になったの？」

氷川の目の前には清和にしなだれかかる若い未亡人の姿が浮かんだ。最高に美味《うま》い据え膳かもしれない。

「食っていませんよ」

ショウは慌てたように手を大きく振り回した。

「食っていない……彼女に誘われたの？　やっぱり、彼女となんかあったんだ」

氷川はきっちりとショウの言葉尻《ことばじり》を拾った。

「何もねぇっス」

ショウは死に物狂いになって否定した。

亡くなったとはいえ、清和は交流のあった組長の姐に手を出すような真似はしない。たとえ、甘く誘われても、だ。

「清和くんは据え膳を断ったの？」

「はい」

ショウに嘘をついている気配はないが、氷川は何か釈然としない。心の底からマグマがふつふつと湧き上がる。

「断ったのに、また来たの？　それも昨日？」

氷川の攻撃に恐れをなしたのか、ショウは黙りこくっている清和に向かってブロッコリーを投げる。とてもじゃないが、己が命をかけた男に対する態度ではない。

それでも、清和は一言も弁解しなかった。

「妬く必要はありません」

ショウがウサギ形にカットされたリンゴを投げても、清和はまったく反応しなかった。確固たる意志でショウの叫びを無視している。

「僕もこんなことぐらいで妬きたくないいんだけどね？　僕がそばにいるのに彼女は堂々と清和くんに会いに来たんだよ。僕は挑戦状を叩きつけられたのかな？」

氷川が興奮して頬を紅潮させると、ショウは涙目で言った。

「単に無事を祝いに来ただけですよう」

「清和くんに未練があるのかもしれない」

「……未練は……未練はないとは言い切れないかもしれませんが、組長にはありません。姐さん一筋です」

案の定というか、若い未亡人は清和に興味を持ち続けている。嘘がつけないショウは関係の実情をポロリと漏らした。

「ショウくん、どうしてあんな女を清和くんに近づけたの」

「すみませんっ」

ショウが真っ赤な顔の前で手を合わせ、謝罪のポーズを取る。

氷川は憤懣《ふんまん》やるかたないといった風情で、ショウから清和に視線を流した。清和の表情はこれといって変わらないが、確実に心の中では笑っている。

「清和くん、どうして笑っているの？」

氷川は頭部に二本の角を生やしたが、清和はまったく動じなかった。

「……いや」

「僕がこんなに……」

氷川が嫉妬で燃え上がっても、清和を喜ばせるだけだ。ショウが何を思ったのか、しみじみとした口調でポツリと言った。

「姐さんの焼きもち……久しぶりっスね？　組長が無事に帰ってきたんだ……ああ、帰ってきたんスよね～っ」

ショウの言葉は要領を得ないが、清和のみならず宇治や氷川も理解できる。清和が無事に帰ったからこそ、氷川も嫉妬を爆発させられるのだ。

「そうだね？　清和くんが無事に帰ったから腰を据えて浮気を見張らないと」

氷川がにっこりと微笑むと、ショウの顔色は瞬《また》く間《ま》に青くなった。一番振り回されるのが誰であるかを、よくわかっているからだろう。

コーヒーを飲み干した後、氷川はショウが運転する車で勤務先に向かう。日常が戻ったような気がした。

せわしない外来診察を終え、氷川は遅い昼食を摂る。いつもと同じ医局の風景も今日は不思議なくらいよく見えた。清和の存在がそうさせているのだろう。

地方都市で起こった医師による妻子殺しが話題に上った。モラルの低下が叫ばれて久しいが、医師による事件がここのところ立て続けにある。若い女性患者にストーカー行為を働いた中年の医師には反吐《へど》が出そうだ。倫理観の薄い医師も若い女性患者に対するストーカー行為は非難していた。

医局を出て病棟に向かう。

氷川がナースステーションを出た時、甲高い女性の声が響いてきた。

「きゃーっ」

氷川が慌てて声のほうへ振り向くと、白い廊下を小型犬が走り回っている。寝たきりの老人患者が多い病棟なので病室からは誰も出てこない。

「い、犬？」

氷川が目を丸くすると、医事課医事係の主任である久保田《くぼた》薫《かおる》が泣きそうな顔で走ってきた。

「わんちゃん、待ってくれーっ」

久保田が真っ赤な顔で追いかけると、小型犬は吠えながら逃げる。感心するほどすばしっこい。

「わんわんわん、わんわんわんわん、頼むから、わんわんわんわん、わんわんわんわんなんだよーっ」

久保田は小型犬と意思の疎通を図りたいらしいが、どだい、無理な話だ。そうこうしているうちに、元気のいい小型犬は氷川目がけて疾走してくる。

ここで氷川が逃げるわけにはいかない。

「わんちゃん、わんわんわん、わんわんわん」

氷川も久保田と同じように吠え、小型犬を取り押さえようとした。足を肩幅の広さに開き、小型犬の進行方向を塞《ふさ》ぐ。

元気に吠えながら、小型犬は氷川の足の間を潜ってしまった。

「……あ」

氷川が呆然としているうちに、小型犬はナースステーションの前を横切る。

鳴き声を聞きつけたベテランの看護師長も小型犬を捕まえようとした。しかし、小型犬の素早さに負け、床に転倒した。

「あれっ」

「大丈夫ですか？」

氷川は即座に看護師長のそばに近寄った。

「うわーっ、どこに行くんだよーっ、待ってくれよーっ、わんわんわんわんわん〜っ」

久保田は氷川や看護師長に挨拶もせず、小型犬を追って走り去った。台風に遭遇したような気がしないでもない。

「……病院にペットを連れてくる患者さんが多いのよ」

看護師長が立ち上がりながら、大きな溜め息をついた。モラルが低下しているのは医師だけではない。

「受付でペットを預かったんでしょうか？」

日々、久保田はカウンター式の総合受付で患者をさばいている。無理難題を突きつける患者に振り回されているはずだ。

「受付でもペットは預からないと思いますけどね。もしかしたら、荷物と同じように受付に押しつけたのかもしれません」

「押しつけるのですか？」

「これから買い物に行くから、ってお婆《ばあ》さんを受付に預けようとした人がいるそうよ。それも、私がＯＫを出した、っていう大嘘をついてね」

気のいい看護師長の名前を出して、受付に老人の面倒を押しつけようとした患者もいるらしい。受付から問い合わせがあった時、看護師長は顎を外しかけたそうだ。

「驚きました」

「長い間、私もこの仕事をやっているけど、年々、患者さんの態度が悪くなっていくわ」

看護師長は腕組みをした体勢で苦しそうに唸《うな》っている。彼女は若い看護師の人としての資質についても同じような懸念を抱いていた。なんでも、人としての根本的な何かが抜け落ちているらしい。以前、氷川も内科医長とともにそれとなく聞いた記憶があった。

「いったいどうなっているんでしょう？」

氷川は経験豊富で快闊《かいかつ》な看護師長に訊《き》いた。

「氷川先生、訊きたいのは私のほうよ」

「そうですね」

氷川が苦笑を漏らすと、酸《す》いも甘いも嚙《か》み分《わ》けた看護師長はひとつの結論を出した。

「……ま、今の教育自体が悪いんでしょうね。あの教育じゃ、いい子もワガママでいい加減な人間になるわ」

思わず、氷川と看護師長は日本の行く末を案じてしまった。そして、氷川は久保田の奮闘をひたすら祈った。

看護師長と別れた後、病棟で見舞い患者に扮している眞鍋組の構成員を見つけ、氷川は密かに驚く。院内のガードはなくなったとばかり思っていたからだ。シャチという裏切り者の存在がガードを継続させているのかもしれない。

シャチの手によって守られた日のことを思い出し、氷川は切なさに胸を痛めた。間違いであってほしいと切実に思う。


ショウの携帯電話にメールを送った時、夜の八時を軽く過ぎていた。待ち合わせ場所に行くと、送迎用のベンツの前にショウが立っている。

「お疲れ様です」

「ショウくん、ありがとう」

氷川が後部座席に座ると、ショウはドアを静かに閉めた。ショウは運転席に腰を下ろし、シートベルトを締める。

「それじゃ、出します」

ショウは一声かけてからアクセルを踏んだ。

氷川を乗せた黒塗りのベンツは、瞬く間に瀟洒《しょうしゃ》な高級住宅街を通り抜ける。心なしか、夜景も普段より綺麗に見える。氷川の目が変わったからだろう。

「ショウくん、冷蔵庫に何もないんだ。買い物をしたい」

「OKっス」

とりとめもない話をしているうちに、氷川を乗せた車は落ち着いた雰囲気が漂う街に入る。

ショウは二十四時間営業のスーパーマーケットに車を停《と》めた。氷川は国産の野菜をカートに入れていく。

「ちょっと高いけど、野菜は国産がいいと思うんだ」

外国産に比べて国産の野菜はおしなべて高いが、氷川は安全と品質を選んだ。食生活に不安のあるショウにさりげなくレクチャーもした。

「そうっスか」

「根菜は絶対に国産だよ」

氷川は国産の大根と人参をカートに入れる。

「そうなんスか」

ショウはカートに入った野菜を珍しそうに眺めた。ご多分に漏れず、ショウも野菜は好きではない。

「ショウくんも野菜を食べないと駄目だよ」

ショウは昼間に焼き肉を食べ、おやつはラーメンとギョーザとチャーハンだ。栄養のバランスが非常に悪い。

「うっス」

ショウの返事は清々しいほど爽《さわ》やかだ。

「返事だけはいいんだから」

「うぃっス」

当然、清和に食べさせる納豆と豆腐も忘れない。おからと厚揚げもよく吟味した。やはり、遺伝子組み換えの大豆には抵抗がある。

「ショウくん、たまにはショウくんも京介くんのために食事を作ってあげたら？」

氷川の提案を聞いた瞬間、ショウの顔は派手に歪《ゆが》んだ。

「冗談じゃねぇっス」

「京介くんが食べようとしていたカップラーメンを食べてしまったんだし、今日ぐらいは何かしてあげないと……僕はカップラーメンなんて食べさせたくないんだけどね」

清和と一緒に暮らしだしてから、即席麺《そくせきめん》やレトルト食品の類は購入していない。栄養を重視し、手作りに徹している。

「メシを作るのは嫁の仕事っス」

「京介くん、気の毒に」

氷川は心の底から同情したが、ショウは吐き捨てるように言った。

「気の毒じゃねぇっスよ。嫁なんだから」

ショウの亭主関白《ていしゅかんぱく》ぶりに、氷川は苦笑いを浮かべた。

「ショウくんのお嫁さんは大変」

氷川はショウが押しているカートに半額のシールが貼《は》られたマグロの刺身を入れた。半額シールが貼られたしめサバや明太子《めんたいこ》もカートに入れる。

「姐さん、半額ばっかり」

ショウの視線は半額シールに釘付けだ。

「うん、いい時に来たよ。たまには生物も食べないと」

氷川はにこやかに半額シールが付いたエビやハマグリもカートに入れた。台所用洗剤とゴミ袋も手に取る。

スーパーマーケットで精算をすませ、車を停めている駐車場に向かう。荷物はショウが両手に持っていた。

「……んっ？」

送迎用のベンツの前でショウの顔つきが険しくなった。

「ショウくん、どうしたの？」

つい先日、東月会《とうげつかい》のヒットマンにサイレンサー付きのライフルで狙われている。氷川はショウの後ろで息を呑《の》んだ。

「姐さん、じっとして」

ショウの緊張が夜風とともに氷川に伝わった。

「……うん」

「……猫がいる」

ショウは気の抜けたような声でポツリと言った。

「……は？　猫？」

氷川がポカンと口を開けると、ショウは低く唸った。

「猫が車の前から動かない」

送迎用の黒塗りのベンツの前には黒い猫がいた。白い首輪をしているので野良猫ではないようだ。つぶらなふたつの目が光っている。

「猫？　にゃあ？　にゃあ、にゃあ？」

氷川は腰を折って、猫に手を伸ばした。友好を示したつもりだったが、猫には敵意を持たれたらしい。

猫の鋭い爪《つめ》にひっかかれてしまう。

「痛……」

氷川が顔を歪めると、ショウは慌てふためいた。

「こいつ、姐さんに怪我《けが》をさせるなんて」

ショウが猫にいきり立ったので、氷川は苦笑いを浮かべた。

「ショウくん、たいしたことないから怒らないで」

　ショウは荷物を置くと、猫に張り合うように地面に四《よ》つん這《ば》いになった。傍《はた》から見ると喜劇だ。

「おい、猫、さっさとどけ。車で轢《ひ》き殺すぞ？　いやだろ？」

　ショウが四つん這いで凄んでも、猫は黒塗りのベンツの前から動かない。自分のテリトリーだとばかりに、でんっ、と居座っている。

「おい、殴るぞ、俺の猫パンチを食らったらタダじゃすまないぜ」

　ショウが必殺技を繰りだす真似をしても無駄だ。人間に慣れているのか、優しいショウの本質がわかるのか、猫は堂々としている。

　眞鍋組が誇る特攻隊長と猫の攻防を氷川は無言で見守った。

「猫の分際で眞鍋にたてつく気か？」

　ショウは猫を持ち上げようとしたが、派手な抵抗に遭ってしまう。無残にもショウの顔には傷ができた。

「こ、こいつ、やりやがったなーっ」

　ショウの怒りは爆発したが、猫も負けてはいない。全身でショウを威嚇《いかく》し、鋭い爪と牙《きば》で立ち向かう。

「俺は眞鍋の男だぜ、猫なんかには負けけんっ」

　ふぎゃーっ、とショウも猫に張り合うように威嚇した。

猫と真剣にやりあっている時点で、眞鍋の男としての何かを見落としているような気がしないでもない。今にもショウに猫の耳と尻尾《しっぽ》が生えそうだ。

ショウと猫の真っ向勝負を眺めていると、氷川の頰が自然に緩む。買い物袋に入っていたマグロの刺身を取りだした。

「猫ちゃん、お刺身をあげるよ」

氷川が清和用の刺身を一切れ差しだすと、猫はそそくさとショウから離れた。欲望に忠実な猫だ。

「猫ちゃん、よく見て、お刺身だよ」

氷川は二切れめの刺身を猫に見せてから、少し離れたところに投げた。猫は可愛い鳴き声を上げながら、刺身の落下地点に走っていく。

「可愛い猫だね」

氷川が猫に目尻を下げると、ショウは顔を引《ひ》き攣《つ》らせた。

「な、何が可愛い、っスか」

ショウに猫の耳が生えているような錯覚に陥り、氷川は目尻を下げた。

「うん？　ショウくんも可愛いけど？」

「嬉しくねぇっス」

ショウは唇を尖らせつつ、黒塗りのベンツの後部ドアを開けた。氷川は満面の笑みを浮

SUPER
コーダン
SUPER
コーダン
SUPER
コーダン

かべて乗り込む。

車内でショウは猫に対する文句を言っていたが、いつしか京介への罵倒に変わる。氷川はショウを宥《なだ》め続《つづ》けた。

ちなみに、どう考えても京介に非はない。友情以上恋愛未満の絆《きずな》で結ばれているふたりは不思議だ。何よりも固い絆で結ばれているのかもしれないが。


その後、氷川は眞鍋第三ビルの一室でショウと猫の仁義なき戦いを、清和に笑いながら話した。

「猫は刺身とか魚とか買っていたのを知っていたんだろうね。狙われていたのかもしれない」

氷川はマグロと納豆を混ぜた一品を清和の前に置いた。ハマグリの吸い物もいい出汁《だし》が出ている。

「そうか」

「ショウくん、どんなにひっかかれても、猫を蹴《け》ったりしないんだ。乱暴に見えるけど優しいいね」

ショウはあくまで穏便に猫を移動させようとした。氷川はきちんとショウの行動を見ている。

「ああ」

清和はショウの紳士的な行動に満足しているようだ。

「病院では犬が走り回ってたんだ。なんか、今日は動物に縁がある日だったみたい」

総務部のスタッフや警備員とともに無事に小型犬を捕獲した時、久保田はその場に倒れ込んだという。目は虚《うつ》ろで呼吸も乱れ、あまりの久保田の様子に怯《おび》えたスタッフに、氷川は呼びだされた。

『久保田主任、気をしっかり持って』

氷川が声をかけると、久保田は声にならない唸り声を出した。

『……うううううううう……わんわん……わん』

久保田の苦悩に触れたような気がして、氷川の目頭が熱くなった。

『魘《うな》されているのか』

『わんわんっ、わん、あうあうあう〜っ』

診察台で手足をバタつかせる久保田は滑稽《こっけい》だが、氷川も看護師もまったく笑えなかった。

『久保田主任、気の毒に……』

氷川が心の底から同情すると、看護師もコクコクと何度も頷《うなず》いた。

『犬に噛まれていますしね』

『外傷はひどくないけど、メンタルケアが必要かな』

わんわんわんわん、と久保田は吠え続けている。どうしたら吠えなくなるか、氷川は途方に暮れたが見捨てられない。

なんでも、外来患者が小型犬を持ち込んだという。大きなバッグに入れられていたので受付は気づかなかったそうだ。

蛇じゃなくてよかったな、と蛇マニアの隣人に悩まされている同僚医師が言った。院内を蛇が動き回ったら目も当てられない。

氷川の話を清和は静かに聞いている。

「動物は可愛いし、僕も好きだけど、マナーの悪い飼い主には困る。動物の命を商品として安易に扱うペットショップも僕は嫌いだな。売れなかったらどうするの？　考えたくもないよ」

氷川が一方的に喋《しゃべ》り、清和が相槌《あいづち》を打つ。まるでタイから始まる一連の騒動がなかったかのようだ。ふたりとも意識しているわけではない。

食後はふたりで一緒に風呂《ふろ》に入り、白く立ち込める湯気の中で何度もキスを交わした。

ミネラルウォーターで喉《のど》を潤してから、ふたりはベッドルームに入る。ジュリアスのオーナーから送られたアロマの香りがほんのりと漂っていた。

ふたりは無言でベッドに上がる。

「清和くん？」

氷川は静かに横たわったまま動かない清和の顔を覗き込んだ。

「…………」

「どうしたの？」

氷川が清和の唇にキスを落とすと、若い男は鋭い目で非難した。煽《あお》るな、と全身で拒否している。

「……いいの？」

しなくてもいいのか、と氷川が行為を示唆すると、清和は切れ長の目を細めた。

「昨日させてもらった」

清和は圧倒的に負担が大きい氷川の身体を気遣い、連日の性行為に二の足を踏んでいた。当然、氷川も気づいている。

「うん？　久しぶりだったね」

氷川は白い頬を薔薇色に染めつつ、清和の顎先を指で突《つつ》いた。昨夜、いつになく、若い男はもどかしいぐらい優しくて熱かった。

「…………」

「したいんでしょう?」

氷川は若い男を煽るように微笑んだ。無事に戻ってきた愛しい清和を、もっと確かめたいのかもしれない。

「いいのか?」

清和が躊躇いがちに尋ねてきた。

「そっとしてね」

氷川は清和の顔を自分の薄い胸に埋めさせた。愛しくてたまらない。

「………」

「据え膳なんて食べられないようにしてあげる」

氷川は清和の後頭部を優しく撫で回した。

清和の復帰の祝いと称し、総本部には色気のある女性が次から次へと押し寄せているはずだ。重鎮と一緒に夜の蝶《ちょう》が侍《はべ》る店に繰りだしているだろう。関東随一の権力を誇る暴力団のトップとともに最高の美女がいるクラブで遊んだことは、ショウからさりげなく聞きだしていた。

「………」

重なり合っているところから清和の緊張が伝わってきた。

「今夜はどんな据え膳が用意されたの?」

清和は氷川の胸に顔を埋めたまま、決して上げようとはしない。間違いなく、魅力的な美女に誘われている。それもひとりやふたりではない。

「清和くん、どうしたの？　今夜、僕とできないの？　まさか、据え膳を食べてもうできないの？」

氷川の声は知《し》らず識《し》らずのうちに低くなった。口にすると、抑えきれない嫉妬心を全身から発してしまう。

「……おい」

のっそりと顔を上げた清和に、氷川はふわりと微笑んだ。

「据え膳、食べていないね？」

「ああ」

「いいから、おいで」

氷川が甘く誘うと、ようやく清和がのっそりと動いた。おそらく、若い男の忍耐が切れたのだろう。

「いいんだな？」

「うん」

清和の唇を首筋に感じ、氷川は下肢を震わせた。愛しい男に触れているだけで肌が火照《ほて》るような気がする。何があろうとも失いたくはない。

「身体の力を抜いてくれ」

「……え？」

清和を思うばかり、身体に無用な力が入っていたようだ。氷川はきょとんとした面持ちで愛しい男を見つめた。

「……俺まで緊張してきた」

清和は照れたようにボソリと呟くと、ふたたび氷川の胸に顔を埋めた。彼も氷川への想いでいっぱいになっているようだ。

「清和くん、可愛い」

「…………」

「大きくてもヤクザでも清和くんならなんでも可愛い」

氷川は清和が愛しくてたまらなくなり、頭がどうにかなりそうだ。いや、すでに何かが弾け飛んでいるかもしれない。

ふたりの甘い時間は続いた。

4

何事もなく三日過ぎた。

ただただ氷川《ひかわ》は清和《せいわ》との日々に酔いしれていた。愛《いと》しい男が隣にいるだけで幸せだ。眞《ま》鍋《なべ》組のシマも平穏を取り戻し、ほかの暴力団も乗り込んでこない。

四日目の朝、隣に極彩色《ごくさいしき》の昇《のぼ》り龍《りゅう》を背負った男はいなかった。氷川はベッドから下り、クローゼットを開ける。ブリオーニの黒いスーツが一着、見当たらない。氷川が寝ている間に清和は出ていったようだ。

「何かあったのかな?」

氷川にいやな予感が走ったが、どうすることもできない。組長代行から降りた今、氷川は清和を信じて待つだけだ。

軽い朝食を摂《と》った後、身なりを整えた。

新聞に目を通していると、名取《なとり》グループに関する記事がある。建設業と不動産業が不振らしく、大幅なリストラを敢行していた。

名取不動産の名前を見ると、ふつふつとした怒りが込み上げてくる。大事な清和の命を狙った名取不動産の秋信《あきのぶ》社長が許せない。

「社員じゃなくて、社長をリストラしなさい」

氷川が新聞に向かって文句を飛ばした時、インターホンが鳴り響いた。送迎係のショウがやってきたのだ。

「ショウくん、おはよう」

氷川は笑顔を浮かべたつもりだが、ショウの下肢が微《かす》かに震えた。

「あ、姐《あね》さん、どうしたんスか?」

「何が?」

「殴り込みに行くヤクザより迫力があります」

ショウの声は掠《かす》れているが、氷川から視線は逸らさない。核弾頭と渾名《あだな》された要注意人物に目を光らせている。

「うん、僕も殴り込みに行きたい気分かな」

「姐さん、絶対にやめてくださいーっ」

ショウの雄叫《おたけ》びを聞きつつ、氷川はエレベーターに乗り込んだ。地下の駐車場に下り、送迎用のベンツに乗り込む。

ショウは一声かけてから、車を発進させた。

「ショウくん、清和くんはどうしたの? 何かあった?」

氷川が真っ先に尋ねると、ショウは誤魔化《ごまか》そうとした。

「……ん、何かあったんスか？」

「相変わらず、嘘《うそ》が下手だね。何があったの？　また騒動？　僕に隠れて外国に行くのは許さないよ」

氷川の目が吊《つ》り上《あ》がると、ショウは地獄の亡者のような声で答えた。

「俺だってそんなこと許しません」

残される俺たちが大変なんだ、とショウは切実な気持ちを言外に匂《にお》わせている。事実、今回のタイに、清和は氷川の承諾を得ずに飛ぼうとした。ショウを筆頭に舎弟たちが一枚岩となって反対したのだ。

清和はショウに銃口を向けたらしい。

それでも、ショウは頑として受け入れなかった。清和に撃ち殺されるより、怒り心頭の氷川が怖い。

「東月会《とうげつかい》と上手《うま》くまとまらなかったの？　進行中？」

氷川は清和が抱えている問題を口にした。

「あ～姐さん、まぁ、もういいのかな？　その、東月会は会長以下幹部が全員、カタギに戻りました。新しい会長は橘高《きったか》顧問の弟分に決まりましたよ。東月会もやることが早い」

同業者だけに極道の掟《おきて》はわかっているはずだ。清和は東月会を解散するまで追い詰めるつもりだった。しかし、東月会は数多の逸話を持つ歴史のある組だ。橘高の口添えもあって、清和は解散させることを断念した。祐《たすく》やリキも渋々ながら承知している。

東月会の元会長はすでに田舎に引っ越したという。二度と東京に戻らないと清和に約束した。

おそらく、当分の間、眞鍋組の監視の目が光るだろう。

「東月会じゃなかったらシャチくん？」

氷川はショウも裏切り者の名前を知っていると踏んでいた。案の定、将来の幹部候補は顔を引《ひ》き攣《つ》らせる。

「あ、姐さん……」

「シャチくんが見つかったの？　清和くんはどうする気？　ちゃんと理由を聞いてあげてほしい」

「まだ見つからないんですよ。祐さんがイライラしています」

サメがあらゆる手を使っているがシャチの行方は摑《つか》めないらしい。さすがだ、とサメがシャチを称賛したそうだ。ゆえに、サメは祐から盛大な嫌みを食《く》らったという。

「祐くんの嫌みは凄《すご》いよね」

甘い顔立ちとは裏腹に、祐は毒舌でとてもしつこい。氷川は思い切り自分のことを棚に上げていた。

「延々三時間、嫌みが続いたんスよ。たいした根性です。それも自分は仕事をしながら」

祐の嫌み攻撃は凄《すさ》まじかったが、へこたれないサメも見事だったそうだ。傍《かたわ》らにいた橘高や安部《あべ》が先に音《ね》を上げたという。

「シャチくん、本当に亡《な》くなったんじゃないかな……」

シャチはタイで亡くなっている可能性もある。もし、生きていたとしても、眞鍋組に捕まえさせたくない。だが、シャチを見逃すことで清和の生命が脅《おびや》かされるのであれば話はべつだ。氷川は複雑な思いに揺れていた。

「それは絶対にねえっス。よく考えてみれば、スペシャル・シャチがくたばるわけがない」

ショウはハンドルを右に切りつつ、あっけらかんと言い放った。呆《あき》れるのを通り越して感心するぐらい、なんの屈託もない。

「ショウくんもシャチくんが裏切ったと思っているの？」

「思っていません」

ショウの言い草に氷川はきょとんとした。

「ショウくん？　僕は今、混乱しちゃったんだけど」

「タイで眞鍋の車を弄《いじ》ったのはシャチさんかもしれない。けど、あのシャチさんが組長を本気で殺すとは思えない。きっと裏に何かあるんだと思います」

アメーバらしからぬショウの見解に、氷川はびっくりしてしまったが、それについては何も言わない。眞鍋組の幹部の考えだろう。

「……そうだね」

「まぁ、さっさと出てきてほしいっス。祐さんが怖い」

ショウの苦悩をひしひしと感じたが、氷川は慰めようとは思わなかった。

「東月会でもなくシャチくんでもないなら名取グループ？」

氷川が心あたりを口にすると、ショウは獣の断末魔のような声を上げた。ハンドルを握った体勢で咳《せ》き込《こ》んでいる。

「名取グループと何かあったんだね？」

氷川はビンゴを当てたような気分だ。

「……カンがいいっスね」

ショウは観念したのか、ハンドルを左に切りながら認めた。今回、氷川に対して口止めはされていないようだ。

「名取会長にドラ息子のことを話したの？」

名取グループの会長とはいい関係を築いているが、跡取り息子である名取不動産の秋信社長がネックだ。清和には清和の戦い方があるようで、ビジネスで勝つつもりらしいが、氷川には一抹の不安が拭《ぬぐ》えない。

「橘高顧問が反対しました」

「反対したの？」

氷川が驚愕《きょうがく》で身を乗りだすと、ショウは忌々《いまいま》しそうに舌打ちをした。

「俺だって腹に据えかねています」

「僕から橘高さんに一言入れたい」

氷川は呆れるぐらい昔気質《むかしかたぎ》で頑固な橘高を罵倒《ばとう》したくなった。このままにしておけば、苦労するのも危険なのも清和だ。橘高もわかっているはずなのに義理を取る。

「そうしてもらったほうがいいかもしれない」

ショウが賛同したので、氷川は瞬《まばた》きを繰り返した。

「いつもは組に関《かか》わるな、って言うのに珍しいね」

「はい、今回ばかりは俺も腹が立って腹が立ってムカついてムカついてマジにムカついてしょうがねぇっス」

ショウの憤慨ぶりがセリフから伝わってきて、氷川は大きく頷《うなず》いた。

「今回ばかりは僕も許せないんだ」

「いつもと反対ですね」

「さすがに、暴力には反対するけど」

氷川の瞼《まぶた》には武装した眞鍋組の集団が浮かぶ。

「そうっスか」

破壊力のある爆発物を作るくせに、とショウは言いたそうだが口にはしなかった。氷川の機嫌を損ねたくないに違いない。

「うん……それで名取不動産の秋信社長はおとなしくしているの？　実は清和くんもピリピリしたままなんだ。秋信社長が原因だと思う」

　裏で手を組んでいた東月会の元会長から秋信社長に連絡が行ったはずだ。秋信社長が反省していなくても、清和と眞鍋組への不埒《ふらち》な行動を改めたと思った。少しぐらいは、と。

「秋信社長の秘書が陰で動いているようです。ビッグプロジェクトへの妨害は祐さんが手を回して阻止しましたが」

　ショウから聞く衝撃の事実に氷川は呆れ果てた。

「まだ妨害があるの？」

「うっス」

「信じられない」

　氷川は秋信社長の神経を疑うと同時に、甘い考えを抱いていた己も叱咤《しった》する。医師の世界の裏側も醜くて汚いが、また違った何かを感じた。

「だいぶ眞鍋をナメているようです」

　ショウの言う通り、清和と眞鍋組は侮《あなど》られているのだろう。

「そうだろうね」

「昨日の夜、秋信社長の秘書にリキさんが呼ばれました。殺人の依頼です」

一瞬、氷川はショウの言葉が理解できなくて困惑した。

「……え？」

ショウはいつもよりトーンを落とした声で説明した。

「名取不動産のライバル会社の社長の殺人依頼です。もちろん、無報酬です。祐さんじゃねぇけど、秋信社長にとって眞鍋は奴隷みたいっスね」

ショウの言葉を理解した瞬間、氷川は脳天を斧《おの》で叩《たた》き割られたような気がした。

「さ、殺人……殺人依頼？」

氷川は脳裏で清和に拳銃《けんじゅう》を持たせることさえできない。鉄砲玉のショウやリキにしてもそうだ。実際に彼らが拳銃を構える姿は何度も見ているのに、無意識のうちに想像を拒否してしまうのだろう。

「東月会のことについて文句を言わないから、調子に乗りやがる。ああいうのにはガツンと言わなきゃ駄目っスよね」

車内はショウの怒気でいっぱいになった。

「ショウくん、僕に清和くんや橘高さんを説得させるように祐くんに指示されたの？」

氷川がズバリ裏を読むと、ショウは声にならない声を上げた。

「……っっっっっっっっっっ」

ショウの反応を目の当《ま》たり《あ》にして、氷川は自分の推測に確信を持つ。今、祐のシナリオでショウは喋《しゃべ》っていたのだ。

「そうでなきゃ、こんなに簡単にいろいろと教えてくれないよね」

氷川は納得したように運転席の背もたれを叩く。

「あ〜っ、祐さん、マジに怒っています。秋信社長の蛮行を見逃そうとする橋高顧問への文句が半端《はんぱ》じゃねぇ」

懐《ふところ》の深い橋高はどんな人物であれ悪く言わないし、ある程度のことならば大目に見てしまう。今回、祐は橋高に反感を抱いたようだ。

「僕も祐くんの肩を持ってしまう」

氷川も祐の気持ちはわからないでもない。

「秋信社長の件に関して、橋高顧問を説得できるのは姐さんぐらいしかいねぇっス」

祐が白羽の矢を立てたのは眞鍋組の核弾頭だった。氷川も自分が祐に選ばれた理由がよくわかる。

「リキくんは殺人依頼を断ったの？」

殺人依頼を引き受けていたら、明かしてはいなかっただろう。氷川が察した通りの返答がショウからあった。

「断りました」

「秋信社長の秘書は？」

「脅《おど》してきたそうです」

名取グループを敵に回す気か、と秋信社長の秘書はリキを威嚇《いかく》したらしい。リキは曖昧《あいまい》な態度で返事を濁したそうだ。

もし、名取会長直々の殺人依頼であれば、リキはその場で承諾しただろう。

どこまでも名取グループに従うか、リスクを覚悟して離れるか、早急に眞鍋組の態度を決めなければならない。名取会長の大恩に清和やリキは決めかねているようだ。

「僕もイライラしてきた」

氷川の顔は引き攣り、自然に手が震える。

「俺もブチ切れそうです」

名取不動産の秋信社長が一般人でなければ、ショウがバイクで殴り込んでいたかもしれない。

「今夜、橘高さんに会うから」

氷川が意志の強い目で言うと、ショウは軽く息を吐いた。

「わかりました」

そうこうしているうちに、紅葉に囲まれた白い建物が見えてくる。氷川は車から降りると、勤務先に向かった。

白衣に袖《そで》を通したら、プライベートを振り切る。名取不動産の秋信社長への苛立《いらだ》ちも懸念も心の奥に沈めた。人の命を預かる医師に徹する。

一日の寒暖差が大きいせいか、外来診察には風邪患者《かぜかんじゃ》が多い。苦しそうに咳《せ》き込《こ》む若い患者が、手洗いもうがいもしていないことに驚いた。氷川は懸命に予防法を教える。

「先生、手を洗うこととうがいがそんなに重要なんですか?」

若い患者はじっと自分の手を見つめていた。

「当たり前です」

「知らなかった」

手洗いとうがいの知識がない若者はひとりやふたりではない。ベテラン看護師とともに日本の未来を危ぶんでしまう。

半面、病的に清潔好きな若い患者もいた。

「患者の椅子《いす》、どうして患者ごとに消毒しないんですか? 怠慢です」

氷川は二の句が継げなかったが、ベテラン看護師が対処してくれた。感謝するとともに経験の差も実感する。

いつにもまして目まぐるしい。

医局で遅い昼食を摂った時、氷川は疲れ果てていた。製薬会社の営業担当が机に置いていったチョコレートを食べ、濃いめのコーヒーも飲む。

一息ついてから、担当している入院患者を診《み》て回《まわ》った。どの患者にも異変は見られない。氷川は軽い足取りで渡り廊下を歩いた。

すでに窓の外は黄昏色《たそがれいろ》に染まり、しっとりとした風情《ふぜい》を漂わせている。秋の夕暮れは幻想的なまでに美しいがどこか物悲しい。

渡り廊下の端に佇《たたず》んでいたスーツ姿の青年が恭《うやうや》しくお辞儀をしてきた。

「氷川先生ですね？」

「はい」

スーツ姿の青年が差しだした名刺を見て、氷川は我が目を疑った。名刺が偽物でなければ、現在、清和と揉めている名取不動産の社長秘書の佐々原郷《ささはらごう》だ。脳裏にインプットした佐々原のデータを引きだす。

秋信社長と同じ甲府《こうふ》出身で、名門大学を卒業した後はアメリカに留学している。正真正銘のエリートだ。甲府出身の淑《しと》やかな女性と結婚し、温かい家庭を築いている。現在、淑やかな奥方はふたり目の子供を妊娠中だ。

「初めてお目にかかります。いきなり押しかけて申し訳ありません」

「名取不動産の社長秘書さん？　佐々原さんですか？　どのようなご用件で？」

眞鍋組の二代目姐として挨拶も礼もしない。氷川は眞鍋組の二代目姐としてではなくあくまで内科医として佐々原に対峙《たいじ》した。

「噂には伺っていましたが本当にドクターなんですね。驚きました」

一見、真面目そうな男に見えるが、決して気を許してはいけない。佐々原は裏工作を得意とする秘書だ。秋信社長の信任も厚く、ほかのスタッフから妬《ねた》まれるほど、さまざまな権限を与えられている。

「いったいどのような噂をお耳にされたのでしょう？」

氷川がなんでもないことのように流すと、佐々原は涼しそうに微笑《ほほえ》んだ。嘲笑《あざわら》っている気配はない。

「指定暴力団・眞鍋組の二代目組長が男の医師を嫁として迎えたと聞きましたので」

「それで？」

「そちらのほうには疎《うと》いものでして、ついあらぬ妄想を掻き立ててしまいました。話に聞いていたよりお綺麗《きれい》ですが、ちょっと想像していた雰囲気と違うので……」

佐々原が言いたいことはなんとなくだが氷川にもわかった。以前、関東随一の大親分にも似たことを言われた記憶がある。彼らの想像の中で氷川は、化粧をして、スカートを穿《は》いているらしい。

「そうですか」

「……今日は恥を忍んでお願いに参りました。お話を聞いていただけますか？」

佐々原が一呼吸おいてから、縋《すが》るような目をしたので、氷川は製薬会社の営業に向けている常套句《じょうとうく》を口にした。

「五分だけならば」

五分で終わるか、五分以上になるか、それは氷川の自由だ。氷川は佐々原の話の内容によって態度を決めることにする。

「ありがとうございます」

佐々原はわざとらしいぐらい大きな安堵の息をついた。

「どうされました？」

眞鍋組関係のことだとわかっているが、氷川は先入観を捨てて尋ねた。真《ま》っ直《す》ぐに佐々原を見つめる。どこかでカラスの鳴く声が聞こえた。

「名取グループの総力を挙げ、ビッグプロジェクトが進んでます。眞鍋組は手を引いてくださらないでしょうか」

佐々原が単刀直入に切りだしたので、氷川は少なからず驚いた。微妙に言葉を濁すかと思っていたからだ。

「どうして？」

「眞鍋組のため……いえ、綺麗事は言いません。我が社のため眞鍋組には辞退してほしい。このままでは我が社はさらなるリストラを敢行しなければなりません。助けると思ってお願いいたします」

佐々原に深々と頭を下げられ、氷川は思い切り戸惑った。もっとも、彼の願いを承諾するつもりはない。

清和は復讐の一環としてビッグプロジェクトを成功させるつもりだ。氷川も手荒な手段を取らない清和を褒めた。

「眞鍋にとっても大切な仕事だと聞いています」

「ビッグプロジェクトを辞退しても眞鍋組は潰《つぶ》れません。寺島《てらしま》不動産も安泰でしょう。ですが、我が社は倒産するかもしれません」

佐々原は下げた頭を上げないが、氷川はかまわずに突き放した。

「名取不動産は経営が傾いても母体の援助があるでしょう」

業績不振でリストラが敢行されても、秋信社長以下重役の報酬は従来のままだ。責任を問われるべき立場の人間が安穏と胡坐《あぐら》をかいている。

サメが調べ上げた名取不動産のデータには、現在の日本企業における膿《うみ》が凝縮されているような気がした。経営陣は己の欲と保身のみに、心血を注いでいるような気がしないでもない。リストラや給料カットに苦しんでいる患者に接しているだけに、氷川は嘆かわしく思えて仕方がなかった。

「傍目《はため》にはそう見えるかもしれませんが内情は厳しくなっています。すでに赤字決算が続いた子会社は切り捨てております」

佐々原はようやく顔を上げたが、真っ青だった。かなり追い詰められているようだ。はらりと紅く染まった落ち葉が舞う。

「秋信社長は名取会長の跡取り息子でしょう。そんな心配は無用だと思います。部外者でもわかりますが？」

氷川がにこやかに微笑むと、佐々原は苦しそうに首を振った。

「秋信社長を妬む者もいますから」

感心するぐらいどこにでも権力闘争は転がっている。驚いたりしないし、いっさい同情もしない。第一、秋信社長が名取グループ会長の跡取り息子でなければ、今のポストに就《つ》いてはいないだろう。

「僕にはなんの力もありません」

氷川は部外者である自分の無力を口にした。理不尽な佐々原の願いを聞き入れる気は毛頭ない。

「何を仰《おっしゃ》るのですか、眞鍋組が誰よりも大事にされている方だと伺っています。組長代行としても立派に務められたとか」

どんな噂が流れているのか興味はあるが、これ以上、佐々原の相手をする必要はない。

「僕はお役に立てそうにありません。そろそろ時間ですので失礼します」

氷川は腕時計で時間を確かめる素振りをして、話を終わらせようとした。もともとタイムリミットは五分だ。

「お待ちください、眞鍋組は名取グループと争う気なのですか？」

威嚇だろうか、佐々原は名取不動産ではなく名取グループと称した。日本有数の名取グループの勢力や資金は計り知れない。

「どうしてそうなるんですか？」

氷川が綺麗な目を曇らせると、佐々原は恐ろしいぐらい真剣な顔で言った。

「名取グループと共存する気があるのならば、プロジェクトを下りていただきたい。実は名取グループ内に暴力団との関係に反対する者も多いのです。いくら名取会長のお気に入りでもそろそろ抑えきれません」

スポーツ選手や芸能人と暴力団の関係が公になり、スキャンダルとしてマスコミを賑《にぎ》わせている。警察も闇社会《やみしゃかい》に流れる金に神経を尖らせていた。けれど、名取グループは国家権力に影響力がないわけではない。その気になれば懇意にしている代議士を動かし、ありとあらゆる障害物の排除にかかるだろう。

「寺島不動産はヤクザではありません」

氷川が冷たい声で言うと、佐々原は苦笑いを浮かべた。

「寺島不動産が眞鍋組の会社であることは誰でも知っています」

寺島不動産の寺島社長とスタッフにヒットマンを送り込んだ相手に、堪《こら》え切《き》れない怒りがふつふつと込み上げてくる。寺島は重体で未《いま》だに集中治療室にいるし、スタッフは哀れにも失明した。

けれども、この場で氷川が佐々原を問い詰めるわけにもいかない。おそらく、彼に何を言っても無駄だろう。

「もうお帰りください」

氷川がクルリと背を向けると、佐々原は躊躇いがちに言った。

「氷川先生も一般社会で生きているならおわかりでしょう？　指定暴力団・眞鍋組との関係が知れ渡ったら医師として終わりですよね」

気弱な態度を装い、佐々原は脅迫してきた。

「医師生命が終わるかどうか、試してみるのもいいかもしれませんね」

氷川が振り向いて優しく微笑むと、佐々原は息を呑《の》んだ。少し脅したら意のままになると思っていたのかもしれない。

氷川は佐々原から視線を戻し、渡り廊下を大股《おおまた》で歩き始めた。一刻も早く佐々原の前から立ち去りたい。

しかし、佐々原は性懲《しょうこ》りもなく追ってきた。

「たいしたものです」

背後から佐々原の感嘆の息が漏れるや否《いな》や、氷川の首の後ろに衝撃が走った。

「……っ？」

佐々原の一撃で氷川の視界は白くなり、耳も聞こえなくなった。その場に崩れ落ちそうになるが、佐々原の腕に支えられる。

しまった、と氷川は薄れていく意識の中で後悔するがすでに遅い。

地味なスーツに身を包んだサラリーマンがふたり、どこからともなく現れ、氷川を取り囲んだ。

「連れていけ」

本性を現した佐々原の冷徹な命令が下された。

黄昏時の明和《めいわ》病院は昼間の喧騒《けんそう》が嘘のようにひっそりと静まり返っている。内科医がひとり攫《さら》われても誰も気づく気配はない。紅葉に染まった木々が佐々原の車に運ばれる氷川を見つめていた。

5

「佐々原《ささはら》、確かに綺麗《きれい》だが男に見える。本人なのか？」

「秋信《あきのぶ》社長、私も初めて見た時は驚きました。もっとこうなんというか、女性らしいと思っていましたから」

「ニューハーフではないと聞いていたが……」

「ニューハーフよりずっと綺麗ですよ。声も甘い」

「眞鍋《まなべ》の二代目がどんな顔をするか楽しみだ」

どこかで誰かが喋《しゃべ》っている。自分について語られていることも、なんとなくだが理解していた。でも、すべてがぼんやりとしていてわからない。

目を覚ますと、氷川《ひかわ》の視界に白い天井が飛び込んできた。

「気がつきましたか？」

佐々原に顔を覗《のぞ》き込《こ》まれ、氷川は霞《かす》む目を指で擦《こす》った。

「……名取《なとり》不動産の佐々原さん？」

氷川は瞬時に自分の状況を把握した。渡り廊下で佐々原に気絶させられ、この黒と白のモノトーンで揃《そろ》えられた部屋に運ばれたのだ。佐々原の背後に名取不動産の秋信社長がいる。写真で見た通り、いかにもといった雰囲気の上品そうな紳士だ。

「はい」

「手荒な招待ですね」

一般企業とは思えない所業に呆《あき》れ果《は》てるしかないが、予《あらかじ》め寺島《てらしま》不動産の関係者にそういったことは聞いていた。氷川は迂闊《うかつ》な自分を悔やむ。

「私もこのようなことはしたくなかった。氷川先生がお願いを聞いてくださらないからですよ」

佐々原は辛《つら》そうな表情を浮かべたが、白々しくてたまらなかった。ここで氷川がめくじらを立てても仕方がない。

「眞鍋には何も告げませんから帰らせてください。今ならばまだ間に合います」

氷川が上体を起こそうとすると、佐々原の手が背中に回った。さりげないサポートに秘書の一面を見る。

「私のお願いを聞いてくださいますか？」

「ビッグプロジェクトの辞退ですか？」

これはなんだ、と氷川は自分の左足に繋《つな》がれている鎖に気づいた。隙《すき》を見て、走って逃げることさえできない。

「さようです」

「……わかりました。説得してみましょう」

氷川は苦悩に満ちた顔で承諾した。頭の中で必死になって脱出のシナリオを書く。とりあえず、無事に清和《せいわ》の元に戻ることが先決だ。嘘《うそ》ぐらいいくつでも重ねよう。

「では、携帯電話で二代目にお願いしてください」

佐々原に差しだされた携帯電話は氷川のものだ。当然、清和の携帯電話の番号も登録してある。

「……え？　電話？」

氷川は携帯電話と佐々原の顔を交互に見つめた。

「氷川先生からでしたら、二代目はどこにいようとも電話に出ると思います」

氷川は携帯電話を受け取ると、自分を落ち着かせるために深呼吸をした。ここで平常心を失ったらおしまいだ。

「まず、冷静になってください」

氷川は佐々原に優しい目と声音で語りかけた。

「はい？」

佐々原だけでなく背後にいる秋信社長も静かに耳を傾けていた。当然、氷川もそれを見越している。

「眞鍋組の恐ろしさを知りませんね？　敵に回すとどうなるかわかっていますか？」

佐々原も秋信社長も完全に清和と眞鍋組を侮《あなど》っている。今まで文句を言わず、清和が名取会長に従順に尽くしてきたからだろう。

ナメられたら終わり、という清和やショウの声が耳に残っている。清和の義母も幾度となく口にしていた。

清和くん、ナメられたね、と氷川は心の中でそっと呟《つぶや》く。

「眞鍋組の武勇伝は聞いております」

「僕は二代目姐《あね》として扱われています。二代目姐を攫《さら》われたら、眞鍋組は黙ってはいません。今、この場に散弾銃で撃ち込まれても文句は言えませんよ」

氷川は清和が取りそうな行動を口にした。もしかしたら、ショウがバイクで突っ込むかもしれない。宇治《うじ》や信司《しんじ》といった若手の構成員も続くだろう。

「眞鍋組がそのような暴挙に出ないように氷川先生にお願いしているのです」

佐々原の言い草に苛立《いらだ》ったが、氷川は平静を心がけながら対峙《たいじ》した。

「今ならばまだ間に合います。僕をこのまま帰らせてください。無事に帰った後、二代目を説得します」

「優しい顔して平気で嘘をつくんですね。この場で帰らせても、氷川先生は二代目を説得してくれないでしょう」

佐々原にズバリと指摘されたが、氷川は微塵《みじん》も動じなかった。

「説得します」

「そんな言葉を信じるほど、私は愚かではありませんよ」

佐々原はこめかみに手を当て、軽く息を吐いた。どこか芝居がかっている。

「今、ここで僕が二代目に電話で辞退の話をしたら、五分後に名取不動産に爆発物が投げ込まれるかもしれません。その覚悟はあるのですか？」

折しも氷川特製の爆発物が眞鍋組の総本部に保管されている。爆発物に詳しい構成員もその威力には舌を巻いたそうだ。

「眞鍋組は名取グループと争う気ですか？」

佐々原が意味深な笑みを浮かべ、名取グループの権力を振り回そうとした。完全に清和と眞鍋組を馬鹿《ばか》にしている。まさしく、彼らの中で清和と眞鍋組は奴隷だ。氷川の人権など頭にはこれっぽっちもない。

「どう思っているのか知りませんが、眞鍋組は暴力団です。面子《メンツ》を潰《つぶ》されて黙っていたら、そこで終わりです。名取不動産と刺し違えてもやるでしょう」

氷川は真剣な顔で不夜城に君臨する眞鍋組の苛烈《かれつ》さを口にした。いくら名取会長に大恩があっても、清和は眞鍋組の看板を下ろしたりはしない。

「氷川先生がこの場で上手《うま》く言いくるめてくれればいいのです。二代目は氷川先生に夢中だと聞きました」

馬鹿、清和くんが気づかないはずないでしょう、と氷川は心の中で答えた。氷川が本気で言いくるめようとしても無駄だ。

「二代目はそんなに鈍くありません」

「困りましたな」

「こんな手を使わず、名取会長に直接頼んだらどうですか？」

氷川が凛《りん》とした態度で提案すると、佐々原は苦しそうな表情を浮かべた。

「さんざん頼んだ後です。……名取会長も頑固ですから」

名取会長の名前を出した途端、背後にいた秋信社長の顔が曇る。良家のご子息は母親にいろいろと鬱憤《うっぷん》が溜《た》まっているのかもしれない。

「眞鍋組も意外と頑固ですよ。名取グループと眞鍋組がぶつかったら、どちらも潰れます。その覚悟はできているのですか？　今まで公にできない仕事を眞鍋にさせていたのでしょう」

氷川は組長代行に就任し、ある程度の情報を摑《つか》んでいる。暴力団との関係を暴露されたら困るのは名取グループのほうだ。

もっとも、今のご時世、いたるところに暴力団は紛れ込んでいる。ベンチャー企業のみならず一般企業にもブラックマネーは侵食していた。

「まさか、脅《おど》しているのですか？」

「脅してはいません。事実を申し上げているのです。名取不動産の粉飾決算が発覚したらどうなりますか？」

氷川は奥の手を出し、佐々原を揺さぶった。さしあたって、少しぐらい眞鍋組の恐ろしさを理解させたい。

「……そこまで知っているのですか」

佐々原だけでなく背後にいる秋信社長も驚いていた。

バレていないとでも思っていたのか、と氷川は言いたくなったがぐっと堪《こら》えた。下手に挑発はしない。

「悪いことは言いません、眞鍋組をみくびらないほうがいいです」

氷川は真剣な顔で佐々原を説得しようとした。

「みくびっているつもりはありませんが」

「なら、どうしてこんなことをするのですか」

「私たちは必死なのです。もうなりふり構っていられません。この気持ちを汲《く》んでいただきたい」

佐々原の態度はあくまで柔らかいが、どうも好感が持てない。清和や眞鍋組に対する侮《ぶ》蔑《べつ》が透けて見えるからだろう。

ヤクザに対する偏見も侮辱も甘んじて受けるが、利用する輩《やから》にあれこれ言う資格はない。ヤクザ並みの悪事を働く輩にも。

「僕は血腥《ちなまぐさ》い戦争が嫌いです。眞鍋組と名取不動産の戦争など、絶対に見たくありません。できるならば阻止したい」

氷川はきつい目で佐々原を見据えた。

「戦争ですか」

「はい、戦争になります。戦争になったら取り返しがつきませんよ」

暴力団ならいざ知らず、戦争になれば名取不動産は失うものが大きすぎる。名取会長の跡取り息子という立場も危うくなるだろう。

「眞鍋への資金援助の金額をご存じですか？」

佐々原の切り返しに、氷川は軽く頭を下げた。

「感謝しております」

「眞鍋組は義理と人情に厚いと聞いていたのですが？」

佐々原が言いたいことはよくわかる。感謝の気持ちがあるならば従え、と服従を示唆しているのだ。氷川はあえて直球勝負を避けた。

「名取不動産は一般企業だと聞いていたのですが？　ヤクザでも院内で僕を狙いませんでしたよ」

氷川はそれとなく一般企業とは思えない荒っぽい手段を非難した。東月会《とうげつかい》でさえ院内では何も仕掛けてこなかったのだ。

「……強情な」

佐々原が溜め息をついた時、秋信社長の携帯電話の着信音が鳴り響いた。留学経験のある秋信社長は流暢《りゅうちょう》な英語で応対している。

大切な取引相手がロビーにいることは氷川もわかった。モノトーンで揃えられた部屋が名取グループ系列のホテルの一室であることも知る。おそらく、女性誌でも紹介されているスイートルームだろう。

「……氷川先生、英語がわかるのですか？」

佐々原に確かめるように尋ねられ、氷川は首を軽く振った。

「残念ながらヒアリングは苦手です」

氷川は今後のためにも英語がわからないふりをする。来客は逃げだすチャンスになるかもしれない。

「電話の内容を聞き取られましたね？　英語ができるとは頼もしい限りです」

佐々原は氷川の内心を的確に読んでいた。もしかしたら、佐々原は佐々原で氷川に関する正確なデータを持っているのかもしれない。

「……佐々原さん？」

「今からとても大切な人がお見えになります。アメリカの方です。氷川先生は機嫌を損ねないように注意してください」

氷川は秋信社長が自分を男娼代《だんしょうが》わりに使おうとしていたことを思い出す。東月会もそういったことを言っていた。変態オヤジ、と揶揄《やゆ》していたはずだ。

「まさか……」

氷川の目の前に無明《むみょう》の闇《やみ》が広がった。

「ＡＶの影響でしょうか？　日本女性はおとなしいけれど淫乱《いんらん》だと思われています。楽しませてあげてください」

佐々原は部下に命令する上司のような態度で、硬直している氷川に言った。背後にいる秋信社長は汚物を見るような目で氷川を侮蔑している。

「断りますっ」

氷川は金切り声で拒否したが、佐々原は平然としている。人としての血が流れていない男のようだ。

「抵抗したら命はないものと思ってください。今からいらっしゃる方は眞鍋組を壊滅させる権力も持っています」

名取グループは海外にも事業を展開していて、取引先には錚々《そうそう》たる企業が名前を連ねていた。

「その前に眞鍋組が名取不動産を潰します。佐々原さんも秋信社長もヒットマンに殺されるでしょう。うちのヒットマンは優秀です」

「優秀？　眞鍋組で一度も失敗したことのない男はタイで死んでいるのでしょう？」

さすがというか、当然なのか、佐々原は眞鍋組の情報をちゃんと掴んでいる。だが、シャチが裏切っていたとは知らないようだ。

「その男はヒットマンではありませんが？」

氷川が軽く揺さぶりをかけると、佐々原はほくそ笑んだ。

「ヒットマンでないなら何者ですか？」

「諜報部員《ちょうほうぶいん》です、殺人の専門家ではありません」

眞鍋組には殺人の専門家がいる、と氷川は暗に伝えようとした。

「まぁ、なんでも構いません。氷川先生は今から自分の仕事をしてください。そうしたら解放してさしあげます。眞鍋の二代目にも黙っていてあげますから安心してください」

考えたくもないが、ほかの男に身体《からだ》を蹂躙《じゅうりん》されたら、氷川は愛しい清和に顔向けができない。それでも、清和と別れたくはない。

「……眞鍋の二代目に黙って……黙って……？」

一瞬、氷川の思考回路が上手く動かなくなった。予想だにしていなかった展開についていけないのだ。

「氷川先生がほかの男と浮気したら、眞鍋の二代目は怒るでしょう。もしかしたら、氷川先生は捨てられるかもしれません。捨てられたくないでしょう？　眞鍋の二代目には黙っていてあげますから……」

佐々原は氷川が清和を深く愛していることを知っている。また、清和の独占欲が強いことも知っているようだ。

「最初から僕を罠《わな》にはめるつもりだった？」

氷川は佐々原の真の狙《ねら》いに気づいた。氷川を駒《こま》にして眞鍋組を意のままに操ろうとしているのかもしれない。

「氷川先生が素直に従ってくれないからいけないんですよ」

佐々原は氷川の出方次第で決めるつもりだったのかもしれない。どちらにせよ、ターゲットは眞鍋組の弱点である氷川だ。

「初めからそれが目的だったんだね？」

「どのように思われても結構です」

佐々原は言葉を濁しているが、背後にいる秋信社長の表情から裏を読む。眞鍋組で誰よりも大事にされている氷川をとことん利用する気だ。秋信社長にはビジネスマンとしての気概がまったく感じられなかった。

「僕、何をされても清和くんに言うから」

氷川は佐々原や秋信社長に屈したりはしない。たとえ、どのような目に遭っても負けないと決めている。

「二代目に捨てられるかもしれませんよ」

「清和くんは何があっても僕を捨てたりしない」

氷川は清和の姿を脳裏に浮かべながら華やかに微笑《ほほえ》んだ。清和が照れくさそうに呟く愛の言葉も耳に残っている。

「そうですか？」

「そんなことも知らないの？　データ不足だね？」

氷川が自信たっぷりに宣言した時、ドアが開いて恰幅《かっぷく》のいい外国人が入ってきた。変態オヤジ、と東月会の構成員に呼ばれていたアメリカ人だろう。

秋信社長が親しそうに出迎える。

氷川は左足にはめられている鎖に手を伸ばした。引き千切ろうとしても無駄なことはわかりきっている。

「氷川先生、無駄な抵抗はやめてください。奇跡が起こらない限り、綺麗な先生の運命は決まっています」

佐々原がしたり顔で言った後、秋信社長がゆっくりと近づいてきた。隣には好色そうな目をしたアメリカ人がいる。

「桜のように綺麗だ、と感激していますよ」

秋信社長が嘲笑《あざわら》うようにアメリカ人の氷川に対する称賛を口にした。良家の子息にはドス黒い妬《ねた》みや嫉妬《しっと》が渦巻いている。氷川の後ろに若くして成功した清和が見えるのだろう。

清和くんに負けるはずだ、と氷川は心の中で秋信社長を罵倒した。

「他人の桜に手を出してはいけません」

氷川は英語で言い直そうとしたが、秋信社長は遮《さえぎ》るように言った。

「淫乱女として楽しませてあげてください」

「それでも日本を代表する名取グループの次期会長ですか？　恥を知りなさい」

氷川が声を張り上げると、秋信社長は上品に微笑んだ。

「ヤクザの情婦なんて、それでも医者ですか？　恥を知りなさい」

「あなただけには言われたくありません」

氷川は手元にあった枕《まくら》を秋信社長の顔面に向かって投げつけた。しかし、忠実な佐々原が秋信社長の前に立ちはだかり、その身に枕を受ける。

恰幅のいいアメリカ人が楽しそうに手を叩《たた》いて笑った。寂しそうな面立ちとは裏腹の氷川の激しさにそそられたらしい。

彼はネクタイを緩めながら近寄ってきた。

氷川は鎖で繋がれているので動けない。恰幅のいいアメリカ人に英語で叫ぶ文句を考えていた時、部屋が真っ暗になった。同時に白い煙が充満する。

「……な、なんだ？　停電か？」

「煙？　煙を吸ってはいけません」

白い煙が立ち込める暗闇の中、どこからともなく不気味な爆発音が響いてきた。

「What? Oh, my god!」

「さ、さ、さ、佐々原、早く対処したまえ、爆弾が……ば、爆弾が……」

「落ち着いてください。たぶん、あれはスピーカーで再生された爆発音です」

「……え？　佐々原、我が社がテロの標的になったのか……爆弾が……」

佐々原や秋信社長が右往左往しているうちに、氷川は鎖を外され、何者かに抱き上げられて部屋から出た。声を上げる間もない。

廊下には警備員らしき屈強な男が何人も倒れている。恰幅のいいアメリカ人の護衛らしき男もいた。

「あなたは？」

記憶に間違いがなければ、氷川は救いだしてくれた男の顔に見覚えがなかった。これといった特徴のない平凡な男だ。

「話は後で」

見知らぬ男が漏らした一言で正体がわかった。彼は清和を裏切ったというシャチだ。腰を抜かさんばかりに驚愕したが、氷川は救いだしてくれたシャチに従った。純白のカサブランカが飾られたエレベーターの周囲にも警備員が倒れている。

「エレベーターに乗らないの？」

「はい」

氷川はシャチとともに非常階段を駆け下りた。

「……ふっ」

氷川は繊細な見た目よりずっとタフだが、さすがに息が上がり、膝《ひざ》もガクガクする。けれども、弱音は絶対に吐かない。

シャチも氷川をまったく気遣わなかった。

何階下りたかわからなくなった時、シャチに手を引かれて建物の中に戻る。壁に油絵が何枚も飾られている廊下を進むと、吹き抜けが見事なロビーが見えた。綺麗に着飾った宿泊客と荷物を運ぶポーターがやってくる。

追っ手らしき人物は見当たらないが、名取グループ系列のホテルなので安心できなかった。スタッフが襲いかかってくる可能性も否定できない。けれど、まばらながらも客がいる場所で、派手なことはしないはずだ。

ロビーの端にあるソファに座っていた男が立ち上がり、悠々とした足取りで近づいてくる。

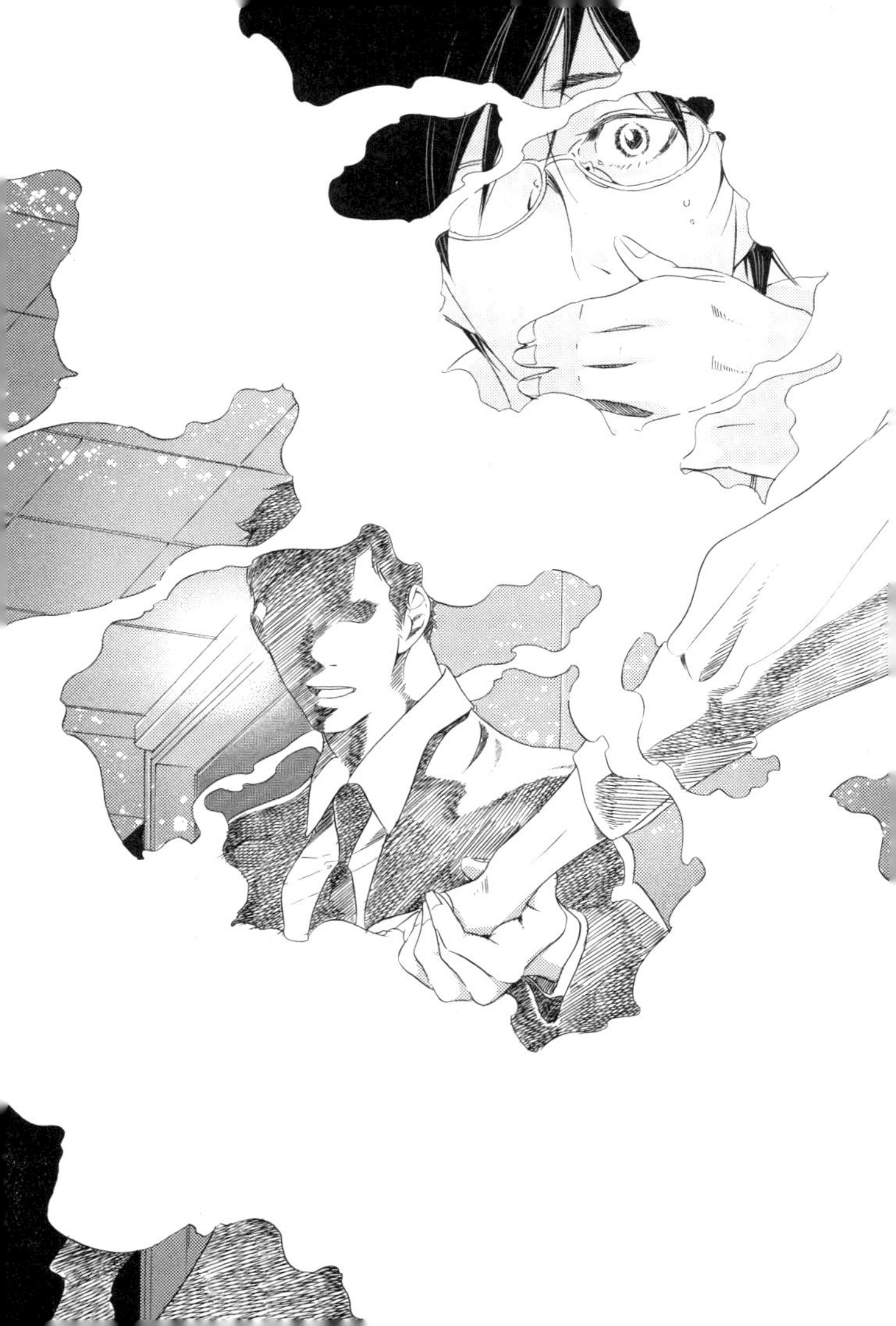

秋信社長の関係者か、と氷川は身構えた。

だが、よく見ると眞鍋組のサメだ。変装なのか、黒縁の眼鏡《めがね》をかけている。もっとも、諜報部隊を率いる彼は眼鏡ひとつで雰囲気がガラリと変わった。

「主任、先生、お車を用意しています。こちらに」

サメはいつもと同じような調子でお辞儀をした。主任とはシャチに対する呼び名だ。

シャチはまったく動じず、氷川とともにサメに続く。

いったい何がどうなっているのか、ふたりに尋ねたいことはたくさんあるが、今は何も口にしない。

ホテルの車寄せには眞鍋組が所有する黒いジャガーが停《と》められていた。運転手はネクタイを締めたイワシだ。氷川はシャチの手を引いてそそくさと後部座席に乗り込んだ。助手席にサメが座ると、イワシは一声かけてからアクセルを踏む。

「出します」

氷川を乗せた黒いジャガーは、瞬《まただ》く間《ま》に名取グループ系列のホテルから走り去った。

車内には重々しい空気が流れ、運転席でハンドルを握るイワシはいつにもまして緊張している。氷川の隣にいるシャチは、無言で目を閉じていた。瞑想《めいそう》でもしているようだ。

車窓には整然とした都会の街が広がっていた。不景気を表しているのか、以前に比べるとネオンが少ない。

氷川を乗せた車の背後で走っているクライスラーの運転手はサメの部下だ。助手席には淡い色のスーツを身につけた祐《たすく》がいる。

氷川が重い沈黙を破った。

「誰か説明して」

氷川が掠《かす》れた声で言うと、助手席のサメが楽しそうに笑った。

「姐さん、申し訳ありません。祐のシナリオですが、二代目のＯＫはもらっていません。反対するのがわかっていたので」

サメはわざとらしいぐらい大袈裟《おおげさ》に顔を手で覆った。彼なりに苦悩を表現しているのだろう。

「祐くんが書いたシナリオ？」

氷川が身を乗りだしながら訊《き》くと、サメから説明があった。

「俺たちは秋信社長と佐々原が姐さんを使って何か仕掛けてくることはわかっていました。でも、姐さんのガードを緩めてわざと隙を作りました」

共謀していた東月会の元会長が破滅しても、名取不動産の秋信社長は素知らぬふりでのうのうとしている。次に秋信社長が出る行動に気づいていた。もっと正確に言えば、戦う相手は秋信社長ではなく秘書の佐々原だ。

氷川が狙われると推測していながら、院内でのガードを故意に解《と》いた。

「僕を攫われやすくしたの？」

「はい、予想通り、ヤクザ顔負けの手口で姐さんを攫いましたね。怖い目に遭わせてすみません」

サメが苦しそうに詫《わ》びると、運転席のイワシも低く呻《うめ》いた。氷川に対する暴力に眞鍋の男は憤慨している。シャチもひどく心を痛めているようだ。

「それで？　シャチくんが助けてくれたよ？　シャチくんは裏切ったわけじゃない……うん、違うね？　シャチくんは別行動だね？」

氷川が思案顔で隣にいるシャチに視線を流した。

それでも、シャチは一言も口にしない。話を聞いているのか、話を聞いていないのか、それすらわからない状態だ。

「姐さん、今回、俺はシャチに負けました」

助手席にいるサメが哀愁を漂わせて切々と言った。

「……ん？　どういうこと？」

氷川はサメ独特の言い回しが理解できない。

「今回、ありとあらゆるコネやツテを使ってシャチを捜しました。それこそ、ルアンガイの力まで借りてシャチを捜しました。でも、全然、行方が摑めない。俺はマジに引退を考えました。下呂《げろ》温泉で飲み屋でも開こうかと思いましたね」

いつまでも裏切り者を放置しておくわけにはいかなかった。しかし、どこで息を潜めているのか、シャチの行方は杳《よう》として摑めない。シャチの実力を知っているだけに、サメは途方に暮れたという。

「人をひとり、捜しだすのは無理だ」

東京にいるのか、国内にいるのか、タイに留まってるのか、シャチの探索は雲を摑むような話だ。

「不可能を可能にするのが俺の仕事です」

サメはキザな男を気取ったが、どこか芝居がかっている。この場にエビがいたら鼻で笑っていたかもしれない。

「サメくんからそんなたのもしいセリフを聞いたの、僕は初めてのような気がする」

氷川が無邪気に茶化すと、サメは右手をひらひらさせた。

「そうかなぁ？　まぁ、姐さんには振り回されっぱなしですからね？　俺のヒーローな場面を見せられない」

サメは巻き舌でヒーローを名乗った。

「ヒーローではないと思うけど？　まだ戸隠流《とがくしりゅう》の忍者のほうが近い？」

「さよう、拙者《せっしゃ》には戸隠の血が流れています」

ヒーローになったり戸隠流の忍者になったり、サメもなかなかマルチな才能を発揮している。いや、たいした芸人根性だ。

「それで？　もうそういうのはなんでもいいから。どこに隠れているかわからないシャチくんを捜しだすことを諦《あきら》めたんだね？」

氷川がズバリと指摘すると、サメは悲鳴に似た声を上げた。

「我らがキュートな姐さん、話が早い。いかにも、俺はシャチに白旗を掲げました。シャチを捜しだすのは、俺の部屋にいるゴキブリを見つけだすより難しい。でも、祐も虎《とら》も許してくれなかった」

サメはシャチに降参したが、眞鍋が誇る策士や虎は許さない。ひとつの裏切りが眞鍋組の崩壊を招きかねないからだ。

「そうだろうね。……ところで、サメくん、ゴキブリ対策はさっさとしたほうがいいよ」

氷川の脳裏にゴキブリ駆除製品がいくつも浮かんだ。シャチをゴキブリに喩《たと》えたサメには、言いようのない苦悩が込められている。

「ひとりで過ごすクリスマスよりゴキブリがいるクリスマスがいいかな？　寂しいからゴキブリぐらいいてもいいと思ったんですが」

サメは独り者の寂寥感《せきりょうかん》をポロリと漏らした。来月のクリスマスを口にするあたり、切実かもしれない。

氷川はゴキブリに友情や愛情を感じた過去は一度もなかった。

「ゴキブリで人は癒されないと思う。恋人でも作ったら」

氷川が至極まっとうなことを言うと、サメはすすり泣きを披露した。芸が細かい。

「俺もそう思います……ということで、俺の抵抗も虚しく、祐がシャチをいぶりだすシナリオを書き上げました」

あいつ、なかなかやります、とサメは祐の手腕を褒《ほ》めている。

「……シャチくんをいぶりだすシナリオ？　ゴキブリホイホイじゃなくてシャチくんホイホイ？　……僕がシャチくんホイホイの餌《えさ》？」

氷川が頭脳をフル回転させると、サメは感心したように口笛を吹いた。

「大当たり〜ぃ、姐さんが餌です。姐さんが危険な目に遭ったら、十中八九《じっちゅうはっく》、シャチが助けると踏んでいました」

サメは手を叩いておどけたが、緊張感が張り詰めていた。イワシはハンドルを右に切りつつ、苦しそうに息を吐く。

シャチは目を閉じたまま、微動だにしない。

「……シャチくん、裏切ってなんかいないじゃないか」

氷川が頬《ほお》を紅潮させると、サメは車窓を指で突きながら言った。

「もう、俺もどうしたらいいのか……」

「サメくん、迷う必要はないでしょう？　シャチくんは僕を助けてくれたんだよ？　本当に裏切っていたら僕を助けようなんてしない」

今さらだが氷川の脳裏に鎖で繋がれた恐怖が蘇《よみがえ》った。好色そうなアメリカ人の目や腕を思い出すと身体が竦《すく》む。

「単純なようで複雑、複雑なようで単純、これに尽きます。嗚呼《ああ》、哲学とはこういうものか」

いきなり、サメは哲学者を気取りだした。彼なりに気持ちを表しているらしいが、氷川には到底、理解できなかった。

「サメくん？　なんでそんなに苦しんでいるのかわからない」

「……まぁ、結局、俺のミスなんですよ。すべての責任は俺にあります」

サメが真剣な口調で一連の責任を負《お》おうとしたが、終始無言だったシャチが初めて口を開いた。

「俺は眞鍋を裏切りました。タイで組長の命を狙《ねら》ったのは俺です」

責任を感じる必要はない、とシャチはサメに向かって言っているようだ。毅然《きぜん》としたシャチは清々《すがすが》しくも潔《いさぎよ》い。

今でもシャチとサメの間に固い絆《きずな》があるような気がして、氷川は胸が苦しくなってしまう。

「どうして僕の清和くんの命を狙ったの？」

氷川が掠れた声で尋ねると、シャチはきっぱりと言い切った。

「俺が弱かったんです」

「本当に弱い人は強がって弱いなんて口にしない。君はそんなに弱くないよ」

氷川が苦笑を漏らすと、シャチは目を細めた。

「……姐さん」

「……もしかして、誰かを庇《かば》っている？　うん、うん、君は清和くんを裏切りたくて裏切ったんじゃないね？　君は自分でもさんざん苦しんで……苦しんだ挙げ句、清和くんの命を狙った？」

氷川はシャチの手を握り、必死になって考えた。今まで起こったことや聞いたことを羅列する。

シャチは沈痛な面持ちで口を閉じている。彼は肯定も否定もしない。

「シャチくん、本当に清和くんを殺す気だったの？」

どれだけシャチが有能か、今では氷川でさえ知っている。シャチが清和の命を狙っていたら、たとえ場所がどこであろうとも、確実に消されていたはずだ。どうしても疑問が拭《ぬぐ》えない。

「…………」

「シャチくんが本気で命を狙っていたら、清和くんは生きていない。どうして？」

シャチの立場にいたならば、清和の飲食物に毒を盛ることもできたはずだ。それこそ、リキやサメ、祐もいっせいに抹殺できる。タイならば日本より毒殺の成功率は高いだろう。警察は賄賂《わいろ》を渡せばそれですむ。

「俺の初めてのミスです」

シャチの演技力は見事だが、だからといって騙《だま》されるわけがない。間違いなく、シャチに明確な殺意はなかったのだ。

「ミスじゃないでしょう？　狙っていた？」

氷川がシャチの手を握ったまま振り回すと、助手席のサメが口を挟んだ。

「シャチ、お前の妹が佐々原の嫁さんとは知らなかったぜ」

サメが何を言ったのか、氷川は理解できずにきょとんとした。シャチは目を伏せたまま何も返さない。

氷川はようやく自分を取り戻し、シャチの手を握り直した。

「……シャチくんの妹さんが佐々原さんの奥さん？　シャチくんに妹さんはいなかったよね？　お母さんは下呂温泉の旅館に勤めていた仲居さんで、お父さんは妻子持ちのサラリーマン……だけど娘さんはいなかったはず……」

氷川が呆然《ぼうぜん》とした面持ちでシャチの家族構成を連ねると、サメは大きな手をひらひらさせた。

「シャチの母ちゃんはふたりめを産んでいます。ただ、すぐに甲府《こうふ》にいる親戚《しんせき》の養女に出したらしい。シャチの母ちゃんの戸籍にも入っていないんですよ」

シャチの妹は子供のいなかった甲府の親戚に引き取られた。シャチの母親がふたりめを妊娠した時点で話が決まったそうだ。

「……養女に出したのですか、それで妹さんが……え？　甲府？　甲府っていえば名取グループ会長の本籍地？　エビくんが言っていたけど甲府は……あれ？　エビくんの甲府行きも名取グループ絡みだったよね？」

氷川の思考回路がフル回転したが、急に止まったり、戻ったりした。

名取グループの本拠地は山梨《やまなし》県の甲府であり、秋信社長や佐々原の出身地でもある。凄《すご》腕《うで》で鳴らしていたエビが、カラダリの皇太子と初めて出会ったのも甲府だ。名取会長直々の依頼で、清和はエビを甲府に送り込んだ。いや、当初、絶対に失敗できない仕事をシャチに命じている。

それなのに、誰よりも真面目《まじめ》で忠実なシャチが初めて仕事を断ったという。なんでも、オイルダラーに対する嫌悪感が強いらしい。

「姐さんも気づきましたか？　俺はエビじゃなくてシャチを甲府に行かせるつもりでした。けど、シャチに断られたんです。オイルダラーが嫌いだ、って」

シャチが仕事を断るなど、青天《せいてん》の霹靂《へきれき》以外の何物でもない。誰もが仰天したが、シャチの意思を尊重した。

　やりたくない仕事をすることが仕事だ、社会で個人の意見は通らない、などとサメはしたり顔で講釈を垂れない。

「シャチくん、オイルダラーが嫌いなんじゃなくて甲府に行きたくなかったとか？」

　氷川が甘い声で指摘すると、サメは手を一際《ひときわ》大きく振った。

「そうみたいですね？　シャチは子供の頃、夏休みや冬休みになると親戚の家で妹と一緒に過ごしたそうです。甲府は庭みたいなものらしい」

　甲府と言っても広いが、どこで昔の知り合いに会うかわからない。在りし日のシャチを可愛《かわい》がってくれた妹の養父母は今でも健在だ。

　妹は自分が養女だと知らずに育ったらしい。佐々原と結婚して落ち着いた時、養父母が真実を明かしたそうだ。

　妹はショックを受けたらしいが、運命を素直に受け入れたらしい。シャチや実母を好いていたからだろう。

「甲府で生まれ育った妹さんが佐々原と結婚していたのか……」

　氷川は横目でシャチを眺めたが、表情はこれといって変わらない。他人事《ひとごと》のように聞き流している。

「佐々原も自分の嫁さんの兄がシャチだと知っています。利用しない手はありません」

氷川の前に妹婿と清和への忠誠心の間で揺れたシャチの姿が浮かび上がった。間違いなく、シャチは地獄の苦しみを体験している。

「佐々原さんがシャチくんに清和くんの命を狙わせたの？」

氷川が尋ねてもシャチの返答はない。

「姐さん、無理です。どんな手を使っても、シャチは口を割らない」

固く口を閉じているシャチに代わり、サメが飄々《ひょうひょう》と氷川に答えた。彼は誰よりもシャチを知る男だ。

「佐々原さんへの義理立て？　ううん、妹さんのため？」

シャチが妹を大事に思っていることはなんとなくだが伝わってきた。妹を盾に取られたら、いくらシャチでも佐々原に逆らえないだろう。

「佐々原はああ見えて優しい夫なんです。シャチの妹は幸せに暮らしていますよ」

当初、シャチは佐々原には眞鍋組の関係者と明かしてはいなかった。前職である興信所のスタッフだと職業を偽っていたのだ。

佐々原はなんの偏見もなく、シャチを義兄として慕った気配がある。けれど、シャチの素性に気づいた時、佐々原の秘書としての顔が出たようだ。

「妹さんのために佐々原さんの言いなりになった……の？　清和くんを殺すようには言われなかった？」

「シャチ、姐さんにも気づかれているぜ？　お前が組長を殺せなかったこと」

シャチは煽《あお》るように声をかけたが、シャチは相変わらず黙っている。

「シャチくんはタイで清和くんが助かって、自分が死んだことにできるシナリオを書いたのか？」

シャチは生きている限り、有能さゆえ、佐々原に利用されるだろう。利用されないためには死ぬしかない。いや、何も本当に死ぬ必要はないのだ。この世でたったひとりの妹の幸せを、陰から見守るぐらい許されるだろう。死んだふりをすればいい。

自分をこの世から抹殺したシャチの苦悩が、氷川にも手に取るようにわかった。

「全部、シャチの狙い通りに進みました。車に仕掛けた爆弾で佐々原に対する義理は果たしましたからね」

「タイに行ったほかの子、アナゴくんやサワラくん、ヒラメくんは本当に亡《な》くなってしまったの？」

氷川がタイに同行した眞鍋組の男たちの名前を口にすると、シャチは真《ま》っ直《す》ぐな目で言った。

「全員、俺が殺しました」

シャチは仲間の命を奪ったことを悔いてはいないが、自分の罪の重さは誰よりもよくわかっている。きっと、ひたすら自分を責め続けているのだろう。

「シャチくんがしたことは決して許されません」

氷川が優しく語りかけると、シャチは大きく頷《うなず》いた。

「はい」

「でも、苦しい君の気持ちはわかります。清和くんやリキくんもわかっていますよ」

清和に謝罪し、許しを乞《こ》え、と氷川は目で訴えた。シャチを処分しないと眞鍋組の面子に関《かか》わるかもしれないが、今回ばかりは氷川も懸命になって嘆願するつもりだ。亡くなった構成員の供養は氷川がシャチとともに必死にする。

「理解を求めるつもりはありません」

「シャチくん？　君はいったい……」

すべてを悟りきったようなシャチの態度に、氷川は背筋を凍らせた。彼には死ぬ覚悟ができている。

「姐さんは何も気にしないでください」

「……死ぬ気？」

「姐さん、頼みますから、俺如きに気を遣わないでください」

シャチは上着のポケットに入れていた小物を使い、手早い仕草で変装を取った。氷川が知っているシャチの顔が現れる。

「シャチくん、痩《や》せたね」

ほんの少しの間、会わないうちに、シャチの頬は痩せこけていた。彼の苦悩の大きさを見たような気がする。

「そうですか？」

「うん、凄く痩せた。清和くんは痩せるどころか太って帰ってきたよ。美味しい料理を食べさせてもらったみたい」

いつでもどこでもなんでも食べられる清和の胃袋は称賛に値する。数多《あまた》の修羅場《しゅらば》を潜《くぐ》り抜けてきたリキやサメにしてもそうだ。

今回、痩せたのは氷川と祐である。

「よかった」

「知っているかもしれないけど、清和くんもリキくんも無事でピンピンしているからね。バケモノだって祐くんが呆れてるから」

氷川を乗せた車はいつしか海に沿って走っていた。そして、老朽化したビルの地下に吸い込まれるように進む。

これからシャチの処刑が始まるのだ。

サメは助手席から降りると、後部座席のドアを開けた。

「シャチ、降りろ」

無言で車から降りるシャチのスーツの裾《すそ》を氷川は摑んだ。もちろん、氷川も黒いジャガーから降りる。

駐車場にも倉庫にも見える場所には、古いダンプカーやトラックが停められていた。今にも崩れ落ちそうな鉄筋の柱の前には、リキと祐を従えた清和が立っている。鋭い双眸《そうぼう》はシャチに注がれていた。

「姐さん、放してください」

シャチの言葉を無視して、氷川は彼のスーツの裾を握り続ける。何があろうとも、放す気はない。

「いや」

氷川の返事にシャチは困惑しているようだが何も言わない。代わりというわけではないだろうが、リキがいつもよりトーンの低い声で言った。

「シャチ、久しぶりだ」

「お元気そうで何よりです」

シャチが深々と頭を下げた後、リキは軽く息を吐いた。

「言うことがあるだろう」

謝罪にしろ、弁明にしろ、シャチは誠心誠意をこめて言葉を尽くすべきだ。それなのにシャチは堂々と言い放った。

「ありません」

シャチの返答で辺りに漂う緊迫感がさらに増した。

「ないのか？」

リキはいつもと同じようにポーカーフェイスで、何を考えているのか見当もつかない。清和はいつも以上の仏頂面《ぶっちょうづら》で、リキとシャチのやりとりを聞いている。シャチを見つめる祐の目は恐ろしいぐらい冷たかった。

「はい」

「シャチ、お前をこのままにしておくわけにはいかない」

リキは鈍く光る拳銃《けんじゅう》を取りだすと、シャチの眉間《みけん》に焦点を定めた。祐も小型の拳銃を手にしている。

「駄目ーっ」

氷川が張り裂けんばかりに叫ぶと、リキは淡々とした様子で言った。

「殺せ、とシャチは言っています」

「そんなこと、言っていないから」

氷川は庇うようにシャチの前に立ちはだかると、リキが向ける銃口を睨みつけた。この場でシャチを庇うのは氷川しかいない。

シャチ自身、なんの言い訳もせずに死ぬ気だ。

「ならば、どうして、シャチは何も言わないのでしょう？」

「シャチくんもリキくんみたいに変に真面目だから、覚悟を決めているんだろうね。助かる気なんてないよ。たぶん、仲間を殺した罪の意識にも囚《とら》われている」

氷川は真っ赤な顔でシャチの心の闇を明かした。

「姐さん、シャチを許す気ですか?」

「最初から清和くんを殺す気はなかったよ」

氷川はリキと清和を交互に眺めながら、断定口調で言い切った。

「そう思いますか?」

「今日、シャチくんは僕を助けてくれた。僕に何かあると思って、シャチくんはガードについてくれていたんでしょう」

氷川を命がけで救いだしたシャチの行動がすべてを物語っていた。

そもそも、祐はシャチの忠誠心を前提にして、今回のシナリオを書き上げている。シャチの心はわかっているはずだ。

「姐さん、怖い思いをさせて申し訳ありません。今日の件については改めてお詫びします」

今回、守るべき氷川を囮《おとり》にしてしまった。責任を感じているらしく、リキは眞鍋の男として頭を下げて謝罪した。

氷川が一言でも詰れば切腹でもしそうな雰囲気だ。

「詫びなんていりません。僕がお役に立ててよかった」

氷川がにっこりと微笑むと、リキは珍しく顔を歪《ゆが》めた。恐怖に怯《おび》えているような気配がある。

リキが言葉に詰まれば、眞鍋組随一の策士が口を挟む。

「姐さん、これが最初で最後ですからね？　決してご自分で何かしようなんて思わないでください」

祐は核弾頭と命名した氷川に凄絶《せいぜつ》な危機感を抱いている。今回、シャチを誘《おび》きだすためとはいえ、氷川を囮にしてしまったシナリオを悔やんでいるフシもあった。でも、それ以外に術《すべ》がなかったのだろう。

「祐くん、銃刀法違反だよ。さっさと、その危険なものをしまって」

モデルガンでないことは、氷川もちゃんと知っていた。

「神出鬼没のシャチにはこれくらいしないと逃げられかねない」

祐の言い草に氷川は呆れ果てた。

「逃げないじゃないか」

「いつ豹変《ひょうへん》するかわからない」

「たとえ逃げたとしても見逃してあげて」

氷川が目を吊り上げると、祐は柔らかく微笑んだ。

「断ります」

「見逃してあげないと、名取不動産に爆発物を投げ込むよ。僕は本気だ。もう全部、悪いのはあのお坊ちゃんじゃないか」

怒る相手を間違えている、罰する相手も間違えている、と氷川は切実に思った。許されるならば、特製の爆発物を名取不動産にお見舞いしたい。言うまでもなく、医師としても人としてもできないが。

「姐さん、気持ちはわかりますが、それだけはしないでください」

祐は顔を引き攣らせたが、銃口はシャチに向けたままだ。たぶん、シャチの実力を恐れているのだろう。

「うん、なんの罪もない社員さんがいるだろうからね」

「冷静でよかったです」

「シャチくんは見逃してね……ん、清和くんはシャチくんを許してるね？」

氷川は清和に視線を流し、意識を集中させた。清和にシャチに対する怒りは微塵《みじん》もなく、同情さえしているようだ。今までどれだけシャチの働きに助けられたか、清和自身、よくわかっているからだろう。

かつての宿敵であった藤堂《とうどう》組との戦いも、シャチの暗躍があってこその勝利だ。シャチがいなければチャイニーズ・マフィアにシマを食い潰されていたかもしれない。

「組のことに口を挟むな」

清和は氷川から視線を逸らし、ポツリと呟くように言った。さしあたって、氷川の猛攻を危惧《きぐ》している。

「今さら何を言っているの」

くわっ、と氷川は牙《きば》を剝《む》いた。

「…………」

「今回ばかりは僕も言わせてもらうよ。わかっているね？」

威嚇《いかく》したつもりはないが、氷川は無意識のうちに足を踏みならしていた。花のように可《か》憐《れん》な容姿からは想像できない動作だ。ガサツなショウが乗り移ったのかもしれない。

「…………」

「今回の責任、シャチくん以上にサメくんにあるよ。どうしてシャチくんの辛い立場に気づいてあげなかったの？」

氷川は清和とサメをきつい目で交互に眺めた。つい先ほどサメも自分の責任を明言している。

「……いくらサメでもそこまでは無理だ」

清和はサメの責任を追及する気は毛頭ない。傍らにいるリキや祐にしてもそうだ。氷川の言葉に驚いている気配があった。

「無理じゃないよ。そうでしょう？　そもそもシャチくんが甲府の仕事を断った時点で気づいてあげるべきだった。シャチくんばかりを責められない」

氷川は管理職の悲哀を思い切りブチかました。

いや、サメもシャチの罪を背負うつもりなのかもしれない。サメは呆れるぐらい超然としていて、何を考えているかわからない男だが、本当の意味で部下を大事にした。ゆえに、癖のある部下たちはサメを慕うのだ。

「シャチを助けたいのか」

清和はいつもと同じ調子で、氷川の望みを口にした。

「当たり前でしょう。シャチくんは裏切りたくて清和くんを裏切ったんじゃない。今でも清和くんに忠誠を誓っている」

氷川の力説に清和はいっさい揺れ動かない。

「だが、シャチは死にたがっている。今までの働きぶりに免じ、希望を叶《かな》えてやらなければならない」

清和は眞鍋組の金看板を背負う男としてシャチに接していた。周囲には青白い炎が燃え上がっている。

一瞬、辺りは静まり返った。

けれど、すぐに氷川が冷たい沈黙を破った。

「いつの間にそんな屁理屈《へりくつ》を言うようになったの？　そんなことを言う口にはおしゃぶりを咥《くわ》えさせるよ」

氷川のスイッチが入り、母親の顔が出た。こうなるともう氷川自身、自分でコントロールできない。

「…………」

おしゃぶりに反応したのだろうか、清和の視線は氷川の上品な口元に注がれた。

「もう一度保育園から行き直そう。清和くんが保育園に持っていくタオルは大好きなクマにしてあげるからね」

「…………」

氷川の言葉に不満を抱いているが、清和は決して反論しようとはしない。視線も合わせないように逃げていた。

「保育園まで遡《さかのぼ》らなくても小学校でいいかな？　僕が知っている可愛い清和くんはそんな屁理屈を言わなかったからね」

「…………」

清和は無言でリキに救いを求めた。それでも、眞鍋組の頭脳ともいうべきリキは無視している。母親の顔を出した氷川に関わりたくないのだろう。

見るに見かねたのか、祐が苦笑を浮かべて口を挟んだ。

「姐さんはどのような処罰をお望みですか？」

祐はシャチを許す気は少しもないらしい。信頼していただけに、絶望感が大きいのかもしれない。

「シャチくんはこのままタイで亡くなったことにしておこう。眞鍋組にとってもシャチくんの妹さんにとってもそれが一番いい。秋信社長も佐々原さんもシャチくんは死んだと思っているんでしょう」

世間的に死亡している眞鍋組の凄腕をわざわざ処理する必要はない。また、シャチに裏切られたという事実がシマに流れるのも、回避したほうがいい。生真面目な凄腕に裏切られたなど、清和の権威の失墜を招きかねない。

「……そういう手ですか」

祐の華やかな美貌《びぼう》がさらに輝き、殺風景な風景に色を添えた。

「祐くんも考えていたでしょう」

眞鍋組随一の策士ならば幾つものケースを想定して、何種類ものシナリオを書いているはずだ。一本ぐらいシャチを見逃すシナリオがあるかもしれない。

「俺は闇から闇へ葬り去るつもりでしたが」

「絶対に駄目、何があろうとも許さないよ。シャチくんはこれでいいじゃないか」

氷川は一息ついてから、シャチに視線を流した。

「シャチくん、一言ぐらい弁解しなさい」

「いえ」

シャチは無表情のまま簡潔に拒否した。

「損な性格だね？　凄腕だって聞いたから、もっと要領がいいのかと思っていた」

まったく言い訳しないシャチに、感心すると同時に呆れ果てた。だが、シャチが清和でも同じ態度を取っていたかもしれない。リキにしても弁解じみた言葉は絶対に口にしないだろう。真っ直ぐすぎる気性が悲しい。

「不器用な俺を今まで使ってくださってありがとうございました」

シャチが今生《こんじょう》の別れにも似た言葉を口にした。

「シャチくん、お別れの挨拶はいりません。これからについて話し合おう」

氷川はシャチのスーツの裾をふたたび握り直した。

「姐さん、先ほども言いましたが、何も気にしないでください」

「気にするに決まっているでしょう。君、僕を助けてくれたもの」

氷川の黒目がちな瞳《ひとみ》がうるうると潤みだした。

「……あれは」

「清和くんを今でも大事に思ってくれているもの」

今、清和が銃弾で狙われたら、シャチは身を挺《てい》して庇うだろう。大事な清和の盾《たて》になる男を見捨てられない。

「…………」

氷川とシャチの視線が交差した。

誰が何をどのように言おうとシャチの命は守る。氷川はシャチの悲しいぐらい澄んだ目に触発された。

「君の命は僕が預かる。僕がもらう。いいね？　君の命も人生も僕のものだよ。どこか遠いところで静かに暮らすんだ。たまに僕に顔を見せに来て」

氷川が泣きながら言うと、清和が小さな溜め息をついた。清和のみならず祐やリキも氷川の涙にはてんで弱い。

「…………」

「これでいいね」

氷川は大粒の涙をぽろぽろ零《こぼ》しつつ、周囲にいる男たちを睨みつけた。今の氷川に勝てる男は誰もいない。

祐は観念したようにヒビの入った壁を眺め、リキは鉄仮面を被った状態で静かに佇んでいた。サメは口を噤《つぐ》んだまま一言も漏らさない。シャチと何度も仕事で組んだイワシは涙ぐんでいた。

「シャチ、先生の言う通りにしろ」

清和が眞鍋組の頂点に立つ男として最終判断を下した。氷川の意見を受け入れ、シャチを見逃すつもりだ。

「いいのですか？　俺はまた組長を狙うかもしれません」

シャチは処罰を望んでいるのか、顔を派手に歪めていた。氷川は叱《しか》り飛《と》ばそうとしたが、清和のほうが早かった。

「二度目はない」

清和が毅然とした態度で言うと、シャチは俯《うつむ》いて、寂しそうに微笑んだ。見ているほうが辛くなるような微笑だ。

「……海外で車を手配する時、気をつけてください。何を仕掛けられているかわかりません」

いきなり何を思ったのか、シャチは自分の知識と経験を語りだした。

「ああ」

「海外に限った話ではありませんが、日本のパソコンでも海外で製造されている可能性があります。内部のパーツのほとんどは人件費の安い海外でしょう。パソコンを使うだけでデータが盗まれるかもしれません」

眞鍋組が所持しているデータを欲している組織は暴力団だけではない。新しく購入したパソコン自体に何か工作されていたら、手の施《ほどこ》しようがない。現在、海外の情報機関で取《と》り沙汰《ざた》されているらしいが、呑気《のんき》なのは平和ボケした日本ぐらいだ。スパイ天国、と他国からは侮られている。

氷川は衝撃の事実に二の句が継げなかったが、清和はポーカーフェイスで鷹揚《おうよう》に頷いた。

「ああ」

「誰であれ、たとえ姐さんからでも、もらったメモリ類を使用しないでください。一瞬にしてデータが盗まれる可能性もあります」

サンプルとして配られたUSBメモリやメモリカードにも注意しなければならない。スパイ活動のノウハウを聞いているような気がする。

「ああ」

清和は素直に耳を傾けていた。決して自分の考えだけで動かず、周囲の有能な人物の意見を聞く。

「秋信社長は組長に凄《すさ》まじい劣等感を持っています。苦しめないと気がすまないでしょう。また近いうちに姐さんが狙われるはずです」

今までの話は前ふりだったのか、シャチは秋信社長の鬱屈《うっくつ》を明かした。

天の恩恵を充分すぎるほど受けた秋信社長がヤクザを妬むなど、氷川にしてみれば釈然としない話だ。

「わかっている」

「秋信社長と佐々原の関係は崩せません。佐々原はどんな大金を積まれても秋信社長を裏切らないでしょう」

佐々原の両親が経営していた会社の危機を救ったのが、秋信社長の亡き父親だという。以後、何かと佐々原は名取グループの世話になったそうだ。秋信社長も佐々原を兄弟のように思っているフシがあった。

「ああ」

「秋信社長は三鷹《みたか》代議士の娘と結婚しています。三鷹は腹黒い代議士ですから、気をつけてください。もしかしたら、眞鍋が利用されるかもしれません」

舅《しゅうと》の政敵を事故に見せかけて殺せ、という依頼が秋信社長からくるかもしれない。政治が揺れている現在、シャチの懸念も当然だ。

「わかった」

「そのうち秋信社長は佐々原を通して眞鍋組に大金を無心するでしょう。眞鍋に借りた金を返すつもりはありません」

「ああ」

「秋信社長と関係のある外資が眞鍋の資金を狙っています」

シャチの口から飛びでた由々しき情報に、清和の鋭い目がさらに鋭くなった。

「どこだ？」

「アスター・フォード」

氷川はまったく見当もつかないが、清和は知っている企業名らしい。緊張した面持ちで頷いた。

「わかった」

「名取会長は名取不動産の粉飾決算に気づいています。それでも、跡取り息子を処分しません。息子には甘い母親のようです」

名取会長の母親としての顔を知り、氷川は歯痒《はがゆ》さに唇を噛み締めた。察していたのか、清和はあっさりと受け入れる。

「そうか」

「次期名取グループ会長は秋信社長です。秋信社長に反感を持つ重役は何人もいますが、保身のために反対しません。秋信社長がトップに立てば、名取グループは衰退するでしょう」

最後の情報らしく、シャチは深々と腰を折った。

「最後にお前の意見を聞きたい。名取とどうつきあえばいい？」

「……秋信社長を暗殺すれば、今まで通り、いい関係が保てると思います。佐々原も秋信社長がいなければただの社員です」

シャチは独特の言い回しで平然と自分の意見を述べた。確かに、名取グループといい関係を続けたいのならば、秋信社長を抹殺する必要があるだろう。

「ああ」

清和は不敵に笑うと、シャチの肩を叩いた。そして、氷川の細い腰に手を回して、車に乗り込もうとした。

「ちょっと、待って、シャチくんが……」

氷川はシャチが心配で下肢に力を入れて立ち止まった。

シャチの横にはサメとイワシが寄り添うように立っている。彼らに危険な雰囲気はいっさいない。

「シャチに手は出さない」

「本当だね？」

氷川が真剣な目で念を押すと、清和は大きく頷いた。

「ああ」

「シャチくんに何かしたら許さないよ」

氷川はシャチの周りにいるサメとイワシに凄んでから、清和とともに車に乗り込んだ。

運転席にリキが腰を下ろす。

「出します」

リキは低い声で一声かけてから、車を発進させた。鉄筋コンクリートの破片を踏みつつ、地上へゆっくり上がる。

車窓に広がる夜の海辺には喩《たと》えようのない哀愁が漂っていた。けれども、寂寥感《せきりょうかん》は襲ってこない。愛しい男が隣にいるからだ。

「清和くん、シャチくんは自殺しないよね？」

氷川は胸騒ぎがして、縋《すが》るように清和に尋ねた。

「生きろ、と先生が命令したんだから生きるさ」

「そうだよね……祐くん、シャチくんに何もしないよね？」

祐も車に乗り込むと思ったが、さりげなくサメの背後に回った。目的はシャチだ。

「聞きたい話があるんだろう」

「秋信社長のこと？」

口を真一文字に結んだ清和から、氷川は感情を読み取った。

「シャチくんが知っている情報を全部、聞きだすつもりなんだね」

「…………」

「全部、聞きだしたらシャチくんを解放してあげるね？」

自分でもしつこいと思ったが、何度確かめても気がすまない。シャチに生きる気力が感じられなかったせいだ。

「ああ」

「清和くんも悲しいね」

氷川は清和の手をぎゅっと握った。彼の大きな手の温もりが切ないほど優しい。

「…………」

「本当はシャチくんに戻ってきてほしいんでしょう」

清和が心の底に沈めている気持ちに気づく。氷川は慈愛に満ちた目で清和の横顔を見つめた。

「…………」

「呼び戻したいのに呼び戻せないなんて、眞鍋組の組長は不憫《ふびん》な立場だね。馬鹿みたい」

「…………」

「世の中には馬鹿な子がいっぱいいる」

氷川が大きな溜め息をついた時、清和と暮らしている眞鍋第三ビルに着いた。リキが運転席から降りて、氷川と清和のためにドアを開ける。

「お疲れ様です」

氷川はリキに礼を言いながら、後部座席から降りた。そして、清和と肩を並べて、エレベーターに乗り込む。

何事もなかったかのように、氷川は部屋に戻った。

「清和くん、どうしたの？」

車中もそうだったが、清和の周囲の空気は刺々《とげとげ》しいままだ。氷川は清和のシャープな頬を摑み、鋭い双眸を覗き込んだ。

「…………」

「ずっとピリピリしている」

氷川は清和の頬を摑んだまま、宥《なだ》めるように彼の唇にキスを落とした。チュッチュチュッ、と軽快な音を立てる。

「…………」

氷川が清和の鼻先をペロリと舐《な》めても、年下の男の表情は暗い。ちっとも雰囲気が和《やわ》らがなかった。

「まだ何かあるの？　秋信社長？」

氷川は清和が神経を尖《とが》らせている原因を探った。まず、名取不動産の秋信社長が浮かび上がる。

「……すまない」

氷川と視線が合わせられないのか、清和がきつく目を閉じる。何よりも氷川を愛し、大切にしている男の慟哭《どうこく》が辺りに漂う。今回、祐が書いたシナリオの内容を知らなかったらしい。氷川を囮にするなど、言語道断の所業だ。

「清和くんが謝る必要はないよ。狙った通り、シャチくんが助けてくれたし、よかったじゃないか」

氷川に清和を責める気は毛頭ない。優しい手つきで清和の頬を擦《こす》り、きつく閉じた目も開かせる。

お互いにお互いしか映っていない。

「………………」

「そんなに自分を責めないでほしい。僕の大事な男はヤクザだ。覚悟はしている」

削《そ》げた頬を手で挟んだまま、清和に向かってにっこりと微笑んだ。年下の男に対する愛しさが込み上げてくる。

「………………」

氷川の言葉も視線も後悔に苛《さいな》まれている清和にはなんの効果もないようだ。自己嫌悪が半端ではない。

「僕、まだ君のお義母さんみたいに日本刀を振り回して戦ったこともないから」

比較する基準が悪すぎるのか、清和の神経はささくれだったままだ。ちなみに、氷川は典子《のりこ》から日本刀の扱い方をレクチャーされている。

「………………」

日本刀を振り回すような危険な目には遭わせない、という清和の心の中の呟きが氷川の耳に届いた。

「君のお義母さん……典子さんはせっかく妊娠していたのにヤクザの殴り込みを受けて流産してしまった。それが原因で子供が産めない身体になってしまった」

若き日の橘高が武闘派として暴れまわっていた頃の話だ。敵対していた暴力団の鉄砲玉が自宅で寛《くつろ》いでいた橘高を襲った。

何人いようとも橘高の敵ではない。

だが、大乱闘のとばっちりを受け、典子は流産してしまった。

その時ばかりは橘高を恨んだが、愛したことを悔やんだことは一度もないという。清和の訃報《ふほう》に咽《むせ》び泣《な》いた夜、典子は寂しそうに過去を語ってくれた。

典子の流産は知っているらしく、清和も辛そうに口を閉じている。子供は男児だったそうだ。

「典子さん、橘高さんと結婚したのは後悔していない。僕もそう思う」

氷川が明るく断言すると、清和も澄んだ瞳で同意した。

「…………」

「僕も典子さんと同じように覚悟している」

氷川はいつ自分に向かって鉄砲玉が飛んできても慌てたりはしない。それなりの覚悟はできていた。ただ患者に被害が及ぶことは恐れていた。

「…………」

清和は複雑な思いに駆られているらしく、周囲の空気がざわざわとざわめいていた。心なしか、体温も上がったようだ。

「橘高さんもモテたみたいだから、女遊びはしたみたいだね。でも、絶対に深いつきあいはしなかった。典子さん以外、本気で愛さなかったんだ」

橘高は橘高なりに誰よりも典子を大事にした。無骨ながらも典子には一筋の愛を注いでいたのだ。

清和も深い愛で結ばれている橘高夫妻はよく知っていた。伏し目がちに軽く頷く。

「…………」

「橘高さんに夢中になった女性が子供を欲しがったら、そこできっぱりと別れた。流れてしまった典子さんの子供が頭にあったんだと思う」

橘高の男っぷりに惚《ほ》れ、子供を産みたがった女性は少なくはない。どの女性も橘高夫妻に迷惑はかけないと口を揃えたと聞く。

けれど、橘高は女性の願いを冷たく撥《は》ねつけた。生涯、典子以外に自分の子供は産ませない、と決めていたらしい。

「…………」

「典子さん、橘高さんがべつの女性に子供を産ませてもかまわなかった、って」

橘高の子供を抱いてみたい、と典子は夫に冗談混じりに頼んだという。橘高は返事をしなかった。

「………」

「橘高さんの子供は抱けなかったけど、清和くんを引き取って、育てて、幸せだ、って」

清和のことを口にする典子は紛れもなく母親だった。眞鍋組の跡目に指名された時、凄まじい葛藤《かっとう》に苦しめられたそうだ。

清和も典子をさんざん嘆かせたので頭が上がらない。

「………」

「ヤクザを愛したら地獄を覚悟しろ、って典子さんに言われた」

典子は自分の凄絶な過去を語り、極道の妻という修羅を締めくくった。氷川も肝に銘じている。

「………」

清和は切なそうに目を細めて、氷川の細い身体を抱き締めた。

「僕も覚悟はできているからそんなにピリピリしなくてもいい。僕が何よりも怖いのは清和くんがいなくなってしまうことだ」

清和とともに地獄に落ちるのならば一向にかまわない。だが、愛しい男がいなくなってしまうのは許せない。清和の訃報など、氷川は二度と聞きたくない。どんなに努力しても、典子のように愛しい男を失う腹づもりはできないだろう。

「…………」

氷川の身体を抱き締めていた清和の力が一段と強くなった。ひとりにはさせない、と清和の腕が語っているようだ。

「わかっているね？」

何か言って、と氷川は茶目っ気たっぷりにせがんだ。

「ああ」

清和らしい返答に氷川は苦笑を浮かべると、啄《ついば》むようなキスを唇に落とした。それでも、相変わらず、清和はピリピリしている。

「清和くん？」

氷川が探るように覗き込むと、清和は凜々《りり》しい眉《まゆ》を顰《ひそ》めた。

「…………」

清和の嫉妬心に気づき、氷川は瞬《まばた》きを繰り返した。

「外人さんが来たけど何もされなかったから安心して」

氷川は清和を宥めようとしたが、かえって煽ってしまったのかもしれない。清和が鬼のような形相を浮かべた。

「…………」

そんな言い訳があるか、安心なんかできるか、俺以外の男のそばに近寄るな、どうして俺以外の男を近づけるんだ、佐々原のような男に声をかけられたら無視しろ、俺の女房のくせに危機感が足りない、さっさと仕事を辞めろ、と続けざまに清和の怒りに燃えた目が氷川を詰っていた。口には出さないが、だいぶ腹に据えかねているらしい。時に清和の独占欲は氷川を遥《はる》かに上回る。

「そんなに怒らないでほしい」

氷川は清和の広い胸に顔を埋《うず》めた。自分を守りたがっている男の胸は居心地がいい。

「……………」

どうしたって氷川には弱いが、今の清和はマグマを抱え込んでいる。そう安々と静まったりはしない。

「服も脱がされていないし、身体も触られていない。シャチくんがいいタイミングで飛び込んでくれたんだ」

氷川はシャチの神業《かみわざ》にも似た救出劇を称えたが、清和は苦虫を噛み潰したような顔をした。

「……………」

「この話はしないほうがいいね」

氷川は花が咲いたように微笑むと、若い男をバスルームに誘った。気分を変えるために

も必要だ。

清和のワイシャツのボタンを外したのも、ズボンを脱がせたのも氷川である。可愛い男にはなんでもしてやりたくなるのだ。

「清和くん、こっちを見て」

氷川の裸体に触発されないように、清和はさりげなく視線を逸らしていた。どこか涙ぐましい。

「…………」

「どうして僕を見ないの」

タイに行く前、オスの顔をした清和に、氷川は派手に淫らに悶《もだ》えさせられた。何せ、氷川を抱き潰せ、と眞鍋組の策士から指示されていたのだ。

しかし、今、清和はおとなしい男に戻っている。氷川にさんざん苦労をかけたと、自分で自分を責めているのだろう。

「清和くん、僕の言うことが聞けないの？　僕を見て」

あられもない痴態を晒《さら》すのは抵抗があるが、清和が大きな身体を小さくする必要はない。氷川は清和を甘く煽った。

6

翌日、氷川《ひかわ》は何事もなかったかのように仕事に向かった。愛《いと》しい男の訃報《ふほう》を聞いた時の清和《せいわ》はひどく案じていたが、あれくらいでへこたれない。ショックに比べたら何倍もマシだ。

白衣を身につけた瞬間、プライベートは忘れる。

院内に眞鍋《まなべ》組の関係者がいても無視した。名取《なとり》不動産の関係者は見かけなかったし、佐々原《ささはら》も現れない。

いつもと同じように、氷川は医師としての職務をまっとうした。なんら問題はない。仕事を終わらせた後、氷川はショウにメールを送らなかった。明和《めいわ》病院の前でバスに乗り、最寄りの駅に向かう。

バスの中に眞鍋組の関係者は見当たらない。

氷川は最寄りの駅のロータリーに座り込んでいる風体《ふうてい》の悪い男に近づいた。当然、一度も会ったことがない。

「なんだ？」

風体の悪い男に睨《にら》まれ、氷川は馬鹿《ばか》にしたように笑った。僕を殴れ、と心の中で命じる。

風体の悪い男は鬼のような形相で立ち上がった。それなのに、氷川に拳《こぶし》を上げず、立ち去ってしまう。

絶対に殴ってくれると思ったのに、と氷川は肩をがっくりと落とした。

高級住宅街に近い駅なので行き交う人たちもそれなりに上品だ。目が合っただけでビール瓶を振り回すような男はいない。

誰か、僕を殴って、と氷川は辺りをうろうろしたが、お坊ちゃま学校のおとなしそうな生徒はいても不良学生はいない。当然、眞鍋組のシマのようにヤクザもチンピラも見当たらない。

郵便局の前にいる大型犬に近寄ったが、氷川はまったく吠《ほ》えられなかった。犬までおとなしい。

「噛《か》んでもいいよ」

氷川は大型犬に囁《ささや》いたが、完全に無視される。

「いい子だね」

氷川はよく躾《しつ》けられている大型犬の頭を優しく撫《な》でた。

キャッチもいなければ、客引きもいない。この場で氷川は危険な目に遭うことは難しいだろう。

繁華街に出ることを決めた時、肩を叩《たた》かれて振り向いた。

「もしかして、俺を呼んでいるんですか？」

ようやく現れた待ち人はどこか呆《あき》れたような顔をして立っていた。目立たないように細心の注意を払っている。

「シャチくん、やっと出てきてくれたね。僕が危険な目に遭ったら助けてくれると思っていた」

変装したシャチの手を、氷川は固く握った。我ながらとんでもないと思いつつも、それ以外、シャチとコンタクトを取る方法がわからなかったのだ。氷川は自分の強運を改めて噛み締める。

「俺、明日にも東京を離れるつもりですが」

シャチは苦笑を浮かべているが、氷川の手を拒んだりはしない。

「寂しくなるけど、それがいいかな」

「恩情が苦しい」

シャチは辛《つら》そうに目を閉じた。彼に限ったことではないが、自分で自分を追い込んでいるような気がしないでもない。

「苦しんでいるんだったら、眞鍋のために最後のご奉公をしてほしい」

氷川はわざと明るい声でシャチに語りかけた。

「どのような？　姐《あね》さんには眞鍋組のガードも張りついていますよ」

　氷川は気づかなかったが、眞鍋組の関係者が守っているらしい。辺りを見回したが、氷川にはわからなかった。とりあえず、シャチが出てきてくれたのでそれですむ。

「名取会長に会いたい」

　氷川が切実な思いを口にすると、シャチは苦悩に満ちた表情を浮かべた。確かめなくても目的がわかるからだろう。

「直に文句を言うつもりですか？」

「うん、もう許せない」

　清和が古臭い橘高《きったか》に縛られて動けないならば、代わりに自分が乗り込む。氷川は眞鍋組の鉄砲玉と化していた。もっとも、ショウのようにバイクで突撃するつもりは毛頭ない。あくまで穏便に話し合うつもりだ。

「そういった話をなさりたいのであれば、姐さんひとりで乗り込んでも無駄です」

　凄腕《すごうで》の見解に氷川は耳を澄ませた。

「どうしたらいいの？」

「祐《たすく》さんに出てきてもらいましょう」

　シャチがなんでもないことのように、サラリと眞鍋組の策士の名前を口にした。意表を突かれ、氷川は瞬《まばた》きを繰り返す。

「祐くん？」

「祐さんも腸《はたわた》が煮えくりかえっています」

祐がどれだけ憤慨しているか、氷川もそれなりに知っている。ショウに送ってもらっている最中、幾度となく怒髪天《どはつてん》を衝《つ》いた祐の話を聞いた。興奮するあまり、橘高と安部《あべ》に向かってペンを投げつけたという。止めに入ったショウは、祐が履《は》いていた靴を顔面に食《く》らったそうだ。

現在、眞鍋組の上層部には異常なくらい閉塞感《へいそくかん》が流れている。昨日、シャチを見つけても風向きが変わらないままだ。

「祐くんだけ呼びだせばいいの？」

氷川は携帯電話を取りだそうとしたが、シャチに視線で止められた。

「呼びだす必要はありません。異常事態発生に祐さんが出動しますよ」

「異常事態？」

「姐さん、もう充分にガードの肝を冷やしています」

シャチは意味深な笑みを浮かべると、横目でコンビニの前に立つ学生を眺めた。どうやら、学生ではなく眞鍋組の関係者らしい。

「うん？」

氷川が真剣な顔でじっと見つめると、学生風の眞鍋組関係者は慌てたようにコンビニに入った。

マイナス八十点、と氷川は小声で呟《つぶや》く。

「俺たちは名取会長のところに行けばいい。間違いなく、祐さんが現れます」

眞鍋組二代目姐に対する包囲網はなかなか凄《すさ》まじい。シャチに改めて説明されるまでもなかった。

「わかった」

氷川は車道に停《と》められていたシャチの愛車に乗り込んだ。どこを切り取っても絵になる洒落《しゃれ》た街並みを難なく通り抜ける。メディアに何度も取り上げられた評判のチョコレートショップやドーナツの専門店には行列ができていた。

「シャチくん、妹さんには会ったの？」

氷川が躊躇《ためら》いがちに尋ねると、シャチは他人事《ひとごと》のように答えた。

「陰から見ました」

今までならば妹と楽しく語り合い、可愛《かわい》い盛りの姪《めい》っ子《こ》を膝《ひざ》に乗せて食事をご馳走《ちそう》になった。仕事以外で唯一のシャチの生き甲斐《がい》だ。

「妹さんはシャチくんが死んだと思っているんでしょう？」

「はい」

「いつかほとぼりが冷めたら妹さんに会ってあげてほしい」

大事な妹と会え、と氷川は暗に命じている。聡《さと》いシャチに伝わらないはずがない。

「そうですね」

シャチは抑揚のない声で返事をした。

「妹さんと会って話をしたいから、こんなことになってしまったんだしね」

タイに行く前、シャチは自分だけ死んだように見せかけることも可能だった。ただ、世間的に死んでしまったら、二度と妹や姪っ子には会えない。タイミングを逃し、後手後手に回った形跡もあった。

シャチが言う通り、彼も弱かったのだ。

「全部、俺の責任なんです」

タイで自分だけ死んだように見せかければよかった、とシャチは心の底から悔やんでいるようだ。

察するに、タイでも佐々原の監視の目が光っていたのだろう。佐々原も揺れていたシャチに気づいていたはずだ。

「僕はサメくんの責任も追及する」

「いえ、すべて俺が悪かったんです」

「お願いだから、思いつめないで」

氷川が切々と訴えた時、シャチは感心したように言った。

「姐さん、もう現れましたよ」

　バックミラーには眞鍋組が所有する車が映っていた。

「……祐くん？」

「はい、イワシを連れていますね」

「イワシくんか……」

　祐が真面目《まじめ》なイワシを気に入り、重宝していることは氷川も知っていた。今現在、祐の期待をイワシは裏切ってはいない。

　氷川もイワシは大のお気に入りだ。

「ショウや宇治がいないので派手なことはしないでしょう。姐さんが拉致《らち》されたとは思っていないはずです。こちらの出方を見るつもりでしょう」

　氷川が不審人物に攫《さら》われたとなれば、眞鍋組の構成員が大群で押し寄せるだろう。シャチは祐の動向をイワシから読んだ。

「そうなの？」

「はい、眞鍋組として真っ正面から乗り込む時、同行させるのはショウや宇治です。イワシは隣には立たせません」

「イワシくんは陰で動くほうだね」

　氷川がイワシの立ち位置を確認すると、シャチは落ち着いた様子で肯定した。

「そうです。イワシは人がよすぎるせいか、人の裏の顔を見るのが下手ですから気をつけてください」

シャチは陰で働くイワシの弱点を指摘した。氷川にしてみればどうしてそういう資質の男が裏の仕事に関《かか》わるのか不思議でならない。

「橘高さんよりもマシだと思うけど」

橘高はどんな極悪非道な者でも決して悪く言わない。今となっては忌々《いまいま》しくさえ思ってしまう。

「橘高顧問は特別だと思います」

シャチは高速に入ると、スピードを上げた。背後から追ってくる眞鍋組の車も同じように速度を上げる。

氷川を乗せた車に接触する気配はない。

「……で、名取会長はどこにいるの？」

氷川が肝心のことを訊《き》くと、シャチはアクセルを踏みながら答えた。

「今日は仕事の関係で館山《たてやま》にある別荘にいます。一泊するみたいですよ」

シャチがどうしてそのような情報を持っているのか、氷川は不思議でならないが、あえて尋ねなかった。神出鬼没と呼ばれる男の所以《ゆえん》だ。

「どうやって忍び込もう」

別荘といえども完璧《かんぺき》なセキュリティが敷かれているかもしれない。氷川は懸命になって塀を乗り越える計画を立てた。サメではないが戸隠《とがくし》流《りゅう》の忍者になりたい気分だ。

「姐さんならば忍び込まなくてもいいと思います。名取会長は姐さんに会いたがっていましたから」

シャチに正面突破を示唆され、氷川は綺麗《きれい》な目を揺らした。

「玄関から入ればいいい？」

「はい」

「祐くん、録音したのを持っているかな」

名取会長がどんな反応をするかわからないが、いざという時のため、秋信社長の悪事の証拠となるものを所持していたほうがいいかもしれない。氷川は用意周到な祐に期待した。

「俺が持っています」

「シャチくんが？　どうして？」

氷川は驚愕《きょうがく》で声を張り上げたが、シャチはなんでもないことのように言った。

「俺もあのビルの地下に盗聴器を仕掛けていましたから」

祐の書いた起死回生のシナリオにより、氷川は東月会《とうげつかい》の元会長が待ち構えるビルの地下に連れていかれた。敵だけでなく味方も騙《だま》した祐の役者ぶりにはほとほと感心する。あの時、祐は完全に東月会の犬だった。

ショウの特攻もリキやサメを従えて現れた清和の姿も記憶に新しい。

「……え？　僕が祐くんに連れていかれたビルの地下？」

氷川は後部座席から摺《ず》り落《お》ちそうになったが、すんでのところで踏《ふ》み留《とど》まる。

「東月会の会長はああいった取引をする場所がだいたい決まっているんです」

氷川の身を案じていたシャチは陰からずっと守っていたのだ。東月会の元会長の策を察し、それらしい場所に盗聴器を仕掛けていた。だからこそ、あの場で何があったのか、誰がどのような言葉を口にしたのか、すべてシャチは知っている。

「シャチくん、凄い」

氷川は一度も仕事に失敗したことのない男の底力を垣間見《かいまみ》たような気がした。到底、真似できない。また、ショウや宇治《うじ》には不可能だろう。

「そうでもありません。あの場合、同じ場所を使い続けている東月会の元会長が愚かなのです」

シャチは謙遜《けんそん》したが、氷川は真に受けない。

「シャチくん以外で誰ができる？」

シャチが抜けた穴を誰が埋めるのか、氷川は今さらながらに眞鍋組の行く末を案じた。

「エビならできると思います」

シャチが口にした名前に、氷川は白い手を振った。

「エビくんはいないよ。つまり、眞鍋にはもうシャチくん並みに有能な子がいないの?」

氷川にしろエビは喉《のど》から手が出るほど欲しいが、有能な彼は砂漠のプリンスの腕から奪えない。

シャチもエビの状況はよく知っているはずだ。

「その心配はありません。サメさんが俺やエビ以上の男を作り上げるでしょう」

「サメくんが教育するの?」

講師に扮《ふん》したサメが想像できず、氷川は頭を捻《ひね》った。自分でもわけがわからないが、脳裏には戸隠流の忍者姿のサメが浮かぶ。サメの芸人根性のイメージが強すぎるのかもしれない。

「サメさんの一番の特技は人材の育成ではないかと思います」

暴力団のみならずどんな企業であれ、優秀な人材を集めれば発展するだろう。だが、それ以上に、新人を優秀な人材に育てられる組織は強い。野球チームやサッカーチームにしてもそうだ。

「シャチくんもサメくんに育ててもらった?」

「はい、俺もエビもサメさんの教育の賜物《たまもの》です」

シャチの声音には微《かす》かにサメへの純粋な感謝が込められていた。サメに出会わなければとうの昔に命を落としていただろう。清和からそれとなく聞きだしたが、かつてのシャチはそういう生き方しかできない男だったそうだ。

「サメくん、今までに何度も仕事に失敗している、って聞いたけど」

組織に潜入して気づかれた過去もあるし、偽情報を摑《つか》んだこともあるそうだ。調べる人物を間違えた話は大マヌケの極致として、サメ自身、笑い話にしている。火薬の調合を間違えた話もあった。綺麗な女性をナンパしていて、敵対している組織に捕まった話には顎《あご》を外しかけたものだ。

「失敗しても必ず取り返します」

最低のドン底に落ちようともサメはきちんと這《は》い上《あ》がる。誰よりもしぶとい不屈の精神を誇っていた。

「名取会長もそういうタイプ？」

「今まで負けたことがなかったから戸惑っているみたいですね」

先の見えない不況は第二の敗戦とも揶揄《やゆ》され、海外から凋落《ちょうらく》の烙印《らくいん》を押されて久しい。戦後、奇跡の復興を遂げ、成功哲学に酔っている企業は衰退の一途を辿《たど》っているが、名取会長は無能でもなければ傲慢《ごうまん》な経営者でもない。それでも、明るい兆しの見えない景気に困惑しているようだ。

「経済学者の言うことも当てにならない？」

「当てになりません。信じないでください」

どれくらい走っていただろうか、名取会長の別荘に着くまで、ずっとシャチから情報をもらっていた。

話に聞く限り、名取会長は優秀な経営者だ。

シャチも名取会長の手腕や人柄を褒《ほ》めていた。そうでなければ、名取グループは業績悪化で倒産していたかもしれない。

ご多分に漏れず、名取グループの内部も権力闘争が勃発《ぼっぱつ》している。社内で争うのをやめて、協力し合えたら、確実に業績は上がるだろう。スタッフをリストラする必要もなくなるはずだ。

どこにでも転がっている話だと、シャチは静かに言った。医師の権力闘争を知っている氷川は同意するしかない。

シャチが運転席から降りて、氷川のためにドアを開ける。

「ありがとう」

氷川は車から降りて、風光明媚《ふうこうめいび》な辺りを見回した。東京とは夜空に浮かぶ星も夜風もまったく違う。

後を追ってきた祐も車から素早い動作で降りた。

「姐さん、ドライブの予定はなかったはずですが?」

祐らしい第一声に氷川は苦笑を漏らした。

「祐くん、行き先に気づいていたんでしょう？」

東京からの道中、聡い祐は氷川の行き先に気づいたはずだ。それなのに、制止もせず、館山まで車を走らせた。

「なんのことですか？」

祐はすっ惚《とぼ》けたが見えすいている。本人も誤魔化《ごまか》せるとは思っていないだろう。

「こっちにはシャチくんがいるんだよ？　祐くんの考えていることぐらいわかるよ」

祐は氷川の目的を遂行させるつもりだ。シャチがきっぱりと断言したが、氷川も同じ意見だった。

「姐さん、決して危ないことはしないでください」

祐の口癖となっている注意が飛んだ。

「わかっている」

「爆発物は持っていませんよね」

祐は氷川のスーツのポケットをわざとらしいぐらい優しい目で眺めた。自分の手で探りたいようだ。

「どうしてわかるの？」

氷川がきょとんとすると、祐は血相を変えた。

「やっぱり、持っているんですか？」

「眞鍋組二代目姐のたしなみだ。昨日、持っていなかったことを悔やんだよ」

氷川が語気を荒くすると、祐は自分の胃を押さえた。

「昨日なら佐々原に取り上げられていたでしょう。もっとヤバいことになっていたかもしれません」

充分ありえる惨事なので、氷川も反論はしなかった。

「それもそうだね」

「たしなみとして持っているのは構いませんが、テロリストに襲われない限り、使用しないでください」

祐は爆発物を取り上げず、使用上の注意を口にした。何事にも絶対がないからだろう。いざという時、氷川が隠し持っている爆発物が役に立つかもしれない。

「わかった」

もとより、氷川も安易に爆発物をちらつかせる気はない。

「シャチ、君は車で待機だ」

祐はシャチに指示を出すと、氷川とともに正面玄関に向かった。ふたりで名取会長の別荘に乗り込む。

氷川がインターホンを押して、眞鍋組の二代目姐と名乗った。

身構えていたにも拘《かか》わらず、呆気《あっけ》ないほど簡単に門が開く。氷川は祐と肩を並べてライトアップされている英国式の庭園を進んだ。個人の庭園とは思えないほど素晴らしい。しっとりとしてどこか落ち着いている。

大きな扉が開くと、ネクタイを締めた紳士がいた。どうやら、別荘を管理しているスタッフのようだ。

氷川と祐はスタッフの先導で天井の高い廊下を歩いた。壁に飾られている絵画はどれも見事だ。この場に不景気は感じられない。

クリスタルのシャンデリアが吊《つ》るされた広々とした客間には、クリーム色のツーピースを身につけた会長である名取満智子《まちこ》がいた。胸元に輝くショーメのイエローダイヤモンドがよく似合う女性だ。

「いきなり押しかけて申し訳ありません。実は眞鍋には黙って参りました」

氷川は謝罪を口にしながら、深く腰を折った。

「歓迎しますわ。よくいらしてくださいました」

満面の笑みを浮かべた名取会長に促され、氷川と祐は並んで猫脚の優雅なソファに腰を下ろす。

薔薇《ばら》の花が飾られたテーブルには人数分の紅茶とケーキが用意された。なんでも、館山で評判のケーキショップの目玉商品らしい。

当《あ》たり障《さわ》りのない話から会話は始まった。

「私、もうずっと前から先生にお会いしたかったのよ。清和さんに頼んでいたのに会わせてくださらなかったの」

もう何度も会った間柄のように、名取会長は親しく接してくれる。高ぶったところは微《み》塵《じん》もない。

「僕も名取会長にお会いしたくて、清和くんに頼んでいたのですが」

「まぁ、嬉《うれ》しいわ」

名取会長は両手を合わせ、感激を表現した。オーバーにも見えるジェスチャーに嫌みはない。こうやって接すると、苦労知らずの令嬢がそのまま育ったような気がする。橘高夫妻と出会うきっかけになった陰惨な過去が作り話に思えてならない。察するに、彼女自身の努力で過去を乗り越えたのだろう。

「名取会長を慕う清和くんの気持ちがよくわかります」

氷川がにっこりと微笑むと、名取会長は頬《ほお》を左右の手で押さえた。はしゃいでいるように見えないでもない。

「お上手ね。先生は世間知らずのお医者様で会話が成立しない、と清和さんにお聞きしていたのよ。私に先生を紹介したくない清和さんの言い訳だったのね」

名取会長の満面の笑顔が温かくて氷川は癒されたが、いつまでもそういうわけにはいか

ない。氷川はシャチから手渡された証拠を名取会長に聞かせた。

東月会の元会長と氷川のやりとりが再現される。名取グループ会長の跡取り息子である秋信《あきのぶ》社長の犯罪も証言されていた。

名取会長は何を聞いても上品な微笑を絶やさない。氷川は名取会長の感情が読めず、密かに戸惑っていた。

けれども、ここまで来て怯《ひる》む気はない。

隣にいる祐にしてもそうだろう。清和やリキ、橘高では埒《らち》が明かないと踏んだから二代目姐に託したのだ。

氷川は祐の切実な気持ちも実感していた。

「残念ながら、これは嘘ではありません。東月会が所有するビルで本当にあったことです。名取会長の息子さんとの関係を確かめました」

氷川はすべて聞き終えた後、名取会長に真摯《しんし》な目で語りかけた。捏造《ねつぞう》だと勘繰られたらおしまいだ。

「そうですか」

名取会長は他人事を聞いているように上品に微笑んだ。

「秋信社長の指示で寺島《てらしま》不動産の社長は重体、スタッフは失明しました」

氷川の声が怒りと悲しみで掠《かす》れても、名取会長はなんら変わらない。相変わらず、悠然と構えている。

「そうですか」

「僕も命を狙《ねら》われました」

氷川は故意に恐怖に怯《おび》えた顔を作った。

「さぞ、怖かったでしょう。もう組長代行などに立たないほうがよろしいですわ」

名取会長は心配そうな表情で手を振った。氷川に同情しているようだが、悪事に手を染めた秋信社長の母親の態度ではない。詫《わ》びる気はいっさいないようだ。

「名取会長、眞鍋組はどうしたらいいのでしょう？」

名取会長に跡取り息子の責任を問わず、氷川はあえて眞鍋組の未来を尋ねる。シャチから得た情報で面と向かっても負けるだけだと聞かされていた。

「氷川先生、経済大国と自他ともに認めていた我が国は今では三流の借金大国です。いつ、破産してもおかしくはありません。今のご時世、確かなことはひとつもありませんわ。私には何も言えません」

そうきたか、と氷川は内心では感心したが顔には出さない。名取会長の経済話に乗ってみる。

「三流国なのにどうして我が国は外国に援助しているんですか？　外国への援助をやめれば少しはマシになると思います」

つい先ほどシャチから世間話のように聞いた日本の裏話だ。自国が他国からどのように思われているのか、改めて意識して氷川は愕然とした。

要は秋信社長と眞鍋組と同じだ。これ以上ないというくらい、諸外国から日本はナメられているのだろう。

「よくご存じですわね。我が社の社員でも知りませんわよ」

世界を相手にしている名取会長は感心していた。

「犯罪目的で来日する外国人の数も減少すれば、日本人はそこまで泣かなくてもいいと思います。ぜひ、お力のある名取会長にお願いしたい。政財界にもパイプがあるのでしょう？」

瀬戸際で食い止めない日本が愚かなのだが、犯罪目的で来日する外国人の多さにも困惑した。

「それも私にはどうすることもできません」

シャチから日本に巣食う闇を聞くにつれ、氷川は政治家に嫌気すら感じてしまった。

「日本の政治家はどうして日本人や日本の企業を苦しめるのでしょう？　まったくもって不思議です」

氷川が首を傾《かし》げると、名取会長は苦笑を漏らした。

「私が訊きたいのよ」

「秋信社長は日本の政治家と同じですか？　名取会長に感謝し、名取グループのために尽力する眞鍋を、どうして秋信社長は苦しめるのですか？」

氷川が悲しそうな顔で切り込むと、名取会長は首を軽く振った。

「苦しめているつもりはありません。ただ、甘えているんでしょう」

予想だにしていなかった切り返しに、氷川は口をポカンと開けた。

「……甘えて？」

名取会長は憧《あこが》れの映画スターを語るように、清和について熱っぽく言った。

「度量が広く、頼りがいのある清和さんには、誰でも甘えてしまうと思いますわ。今時、あんなに頼もしい殿方はいません」

メギツネ、という言葉が氷川の脳裏に浮かんだ。名取会長は煮ても焼いても食えない経営者だ。

氷川は横目で祐を盗み見たが、これといって表情に変化はない。予想していた通りの反応なのだろう。

眞鍋組の構成員である祐は、この場で一言も口を挟まないはずだ。今の彼は二代目姐のボディガードとして名取会長の前に参上している。眞鍋組の今後を決める交渉をするのは氷川ひとりだ。

「眞鍋組の忍耐もそろそろ限界です。これからどうしたらいいのか、教えてください」

氷川が真摯な目で姿勢を正すと、名取会長は悲しそうに首を傾げた。

「いい関係を築いていると思っていたのですが？」

「つい先日、秋信社長から殺人依頼が入りました。ライバル会社の社長を消すなんて、大企業とは思えないのですが？」

氷川が爆弾を落としても、名取会長は動じなかった。

「……秋信、追い詰められているのだと思います。名取不動産を倒産させたくないのでしょう」

「倒産させないのですか」

倒産させたほうがいいだろう、と氷川は心の中で名取会長に訴える。

「社員のことを考えますとそう簡単に倒産させられませんの」

「眞鍋組は秋信社長の依頼通り、殺人の罪を犯すべきですか」

氷川がズケズケ切り込んでも、名取会長は温和な笑みを浮かべている。称賛に値する自制心だ。

「私には答えられません」

「眞鍋組は秋信社長のご要望通り、名取グループのビッグプロジェクトを下りるべきですか？」

秋信社長の名前に独特のイントネーションをつけた。氷川のささやかないやがらせかもしれない。

「指名したのは私ですのよ？」

名取会長は目を丸くして否定したが、内心を窺《うかが》い知《し》ることはできない。

「はい、指名してくださった名取会長に改めてお訊きしたい。秋信社長のため、ビッグプロジェクトから手を引くべきですか？」

氷川は微笑の裏に隠された名取会長の本音を引きだしたかった。彼女の心次第で未来は大きく動く。

「眞鍋組が選ぶことです」

名取会長は観音菩薩《かんのんぼさつ》のような微笑を浮かべて明言を避けた。

優秀な経営者だが名取会長は秋信社長の母親である。秋信社長のためならば、清和を捨てるだろう。いや、捨ててくれるならばまだいい。ライバル会社への妨害を命令され、眞鍋組は犯罪組織へ突き進むかもしれない。俺の考えですが、とシャチは一言断ってから、そう見解を述べた。

「……名取会長、清和くんに辞退させたいのですか？　自分が指名した手前、清和くんに辞退を迫れないし、ほかの社員にも示しがつかない？」

氷川が沈痛な面持ちで言うと、名取会長は手を振った。

「そんな悲しいことを言うのはやめてください」

「ビッグプロジェクトに清和くんを指名した時、まだ秋信社長の粉飾決算を知らなかったんですね？　だから、清和くんにチャンスをくれた。経営者としては賢明だと思います。清和くんは誠心誠意、名取会長と名取グループに尽くしますから」

名取グループ挙げての大きな仕事になれば、なんらかの妨害が入る可能性が高い。眞鍋組を指名することが、ほかの企業への抑止力にもなる。いくらでも眞鍋組の使い道はあるのだ。

「清和さん、名取グループ系列の会社の社長に就任してほしいぐらいなのよ」

氷川の質問に対する明確な名取会長の答えはない。どんなに粘っても本心は明かさないだろう。

けど、氷川は名取会長の本心に気づいている。このまま行けば一方的に利用され続ける眞鍋組も見えた。シャチが予言した通り、遠からず、秋信社長には金銭も求められるに違いない。

「光栄です」

「お若いのにご立派ですわ」

名取会長は清和に対する称賛をいっさい惜しまない。本心から出ている言葉だと、なんとなくだが氷川にはわかる。誰より清和を認めていることだけは確かだ。

「秋信社長に比べれば何倍も立派だと思います。名取会長はうんと長生きして、秋信社長に後を譲らないでください。秋信社長が会長に就任したら、名取グループは絶対に経営が傾きます。たぶん、倒産するでしょう」

氷川が心の底に沈めていた怒りを静かに爆発させると、名取会長は息を呑《の》んだ。今まで面と向かってこんなにひどく罵《ののし》られた過去がないのだろう。

「……先生」

「名取グループが傾いたら日本も傾くはずです。もしかしたら、日本も破産するかもしれません。無能な経営者は秋信社長だけではないと思いますが、群を抜いていると思います。お願いですから長生きしてください」

氷川は一呼吸おいてから、医師としてさらに続けた。

「僕は名取会長に検診を必ず受けるように指導します。お忙しいと思いますが、人間ドックにも入ってほしい」

「……お医者様ですわね」

名取会長は感心したように溜《た》め息《いき》をついたが、機嫌を損ねた様子はない。よくも悪くも大物だ。

「はい、どんな名医でも秋信社長の無能は治せませんけれど」

氷川がトドメを刺すと、名取会長はポロリと漏らした。

「私も困っていますのよ」

出来の悪い跡取り息子には途方に暮れているらしく、名取会長の周囲には重々しい空気が漂った。

「会社と社員が大事か、息子が大事か、迫られる日が来るかもしれませんね」

「清和さんは支えてくれると信じています」

本心か、ポーズか、名取会長の真意は不明だが、祈るように手を合わせた。

「秋信社長の情報は東月会にインプットされています。新しい東月会の会長が秋信社長を強請《ゆす》るかもしれません。注意してください」

氷川が秋信社長が抱える火種を提示すると、名取会長は初めて顔色を変えた。ほんの一瞬だったが、氷川は決して見逃さない。

「清和さんはどうして東月会を解散させなかったの?」

名取会長は自分を落ち着かせるように、英国製の白い陶器に指を添えていた。自然でいて優美な姿だ。

「ご存じの通り、眞鍋には橘高という古臭い男がいるからです」

「東月会をこのままにしておいたら、眞鍋組の存続に関わります。橘高さんを動かせないならば、氷川先生が眞鍋を動かしてください」

名取会長は跡取り息子のために東月会を解散、もしくは壊滅させたいのだろう。眞鍋組を焚《た》きつけようとする。

もし、この場に清和がいたら東月会の壊滅を承諾せざるを得ない。

「眞鍋は東月会と争いたくありません」

氷川は名取会長の要望をぴしゃりと撥《は》ねつけた。

「眞鍋組が東月会に滅ぼされますわよ？」

「秋信社長が東月会に強請られることがあっても、眞鍋が東月会に強請られることはありません。安心してください」

氷川の露骨な言い回しに、隣にいる祐は苦笑を漏らした。しかし、祐も氷川を支持している。

「……先生、秋信を助けてくださらないの？」

綺麗事ばかり並べていたが、名取会長は初めて本心を吐露した。

「これ以上、秋信社長のために罪を犯させません。息子である秋信社長の尻拭《しりぬぐ》いは母親である名取会長がなさってください」

「そんな冷たいことを仰らないでほしいわ」

名取会長は場を取り繕おうとしたが、氷川は確固たる意志で仕上げにかかった。

「ビッグプロジェクトから眞鍋組は手を引かせます。以後、名取グループと関わることはないでしょう。僕が許しません」

氷川が毅然《きぜん》とした態度で決別を宣言した。

隣にいる祐は満足そうに柔らかな微笑を浮かべている。彼が口にしたくてもできなかった言葉だ。

名取会長は豆鉄砲を食らった鳩《はと》のような顔をした。よほど驚愕したのだろう。彼女自身、いつまでも名取グループに服従すると思っていたのだ。

「今までお世話になりました。この御恩は終世忘れません」

申し合わせたわけではないが、氷川と祐は同時にソファから立ち上がった。

氷川と祐は深々と頭を下げる。

「……残念ですわ」

名取会長は躊躇いながら眞鍋組との決別を承諾した。時と場の流れを読んだのだ。賢明な態度である。

氷川と祐は一度も振り返らずに別荘を出た。

「祐くん、僕はさっぱりしたんだ。眞鍋組のためにはこれでよかったんだよ。さっぱりしたけどイライラしているのかな。もやもやしてやるせないんだけどさっぱりしたのかな。さっぱりしているけど寂しいのかもしれない。上手《うま》く言えないけど複雑だ」

在《あ》りし日《ひ》の橘高夫妻と名取会長に始まり、今まで名取グループとはいい関係を築いていた。心の底のどこかで名取会長には名取グループのトップとしての矜持《きょうじ》を期待していたのかもしれない。ビッグプロジェクトに対する眞鍋組の意気込みも知っていたのでさらに複雑だ。

氷川の言葉は要領を得なかったが、祐にはきちんと通じていた。世間を斜めに見ているような男がシニカルな微笑を浮かべる。祐はあえてコメントを出さないようだ。この場であれこれ言う気がないのだろう。

一刻も早く別荘の前から立ち去ったほうがいい。

停まっている車は一台だけでシャチの姿はなかった。辺りに隠れている気配もない。氷川は車の前でお辞儀をしているイワシに尋ねた。

「イワシくん、シャチくんは？」

「逃げました」

イワシは意味深な笑みを浮かべて、氷川のためにドアを開けた。

「逃げた？」

「姐さんが怖いそうです」

イワシは氷川から視線を外し、シャチの言葉を口にした。

「どういう意味？」

氷川が目を吊り上げると、イワシは肩を竦めた。

「シャチを振り回さないでやってください」

「シャチくんに頼まないでどうするの？　イワシくんがやってくれた？」

「俺には無理です」

氷川が広々とした後部座席に乗り込むと祐も無言で続いた。

「出します」

イワシが一声かけてからアクセルを踏む。車はあっという間に名取会長の瀟洒《しょうしゃ》な別荘を後にした。

「祐くん、これでいいんだね？」

氷川が悪戯《いたずら》っ子《こ》のような顔で言うと、祐は伏し目がちに応《こた》えた。

「はい、姐さん、お疲れ様でした」

「今回、このシナリオを書いたのは祐くん？」

今回、氷川は祐に踊らされていたような気がしないでもない。

「俺、今回はシナリオを書いていません。姐さんの行動に従っただけです」

「……清和くんもリキくんも名取グループから離れたがっていたんだね？　でも、名取会長への恩で自分からは言いだせない。だから、僕が言ったんだ」

氷川は祐の反応から、眞鍋組の内情に気づいた。清和とリキも度重なる横暴に耐えかね、院内で氷川を拉致したことがきっかけになり、とうとう名取グループからの離脱を決意したのだ。けれども、自分たちから言いだせなかったのだろう。

ゆえに、祐は眞鍋組が誇る最終兵器の使用を考えた。

「狙ったわけではありませんが助かりました。カチカチの石頭ではどうにもなりませんから」

カチカチの石頭、と清和とリキを評する祐は、ぞっとするほど恐ろしかった。だいぶ、ぶつかり合ったらしい。

「名取グループの力がなくても平気だよね？」

今さらの話だが眞鍋組の行く末が案じられる。眞鍋組が犯罪組織に落ちる姿は何があろうとも見たくない。

「そうするのが俺たちの仕事です」

「期待している。名取グループのビッグプロジェクト、陰で妨害してもいいよ……うぅん、清和くんが反対するだろうね」

無意識のうちに秋信社長への鬱憤《うっぷん》が口から出てしまった。一息ついてから言い直す。清和ならば冗談でも口にしないだろう。

「絶対に反対すると思います」

祐も内心では名取グループのビッグプロジェクトを妨害したいようだ。最後の理性で自分を抑え込んでいる。

「ま、名取グループの社員が可哀相だから妨害はナシの方向でいい。眞鍋は自分たちの力で成長しよう」

「そこで姐さんにお願いがあります」

祐が真剣な顔で切りだしたので、氷川も釣られるように背筋を伸ばした。

「何？　僕にできることがあるなら協力するよ」

「仕事を辞めて家庭に入ってくださらないでしょうか」

祐の要望を聞いた瞬間、氷川から緊張がさっぱり抜け落ちた。

「……まだ諦《あきら》めていなかったの？」

氷川は辟易《へきえき》すると同時に呆れたが、祐はまったく怯まなかった。

「当然でしょう？　秋信社長のように院内から姐さんを攫う奴がいないとも限りません。俺も組長も姐さんが気になって仕事に集中できないかもしれませんし」

「僕、今回のことで改めて思ったんだ。仕事を続けていてよかった、って」

一個人の医師であるからこそ、名取会長にも堂々と会い、接することができたと自負している。

「姐さん、落ち着いてゆっくり話し合いましょうか」

この分だと眞鍋組のシマに着くまで、祐の嫌みを聞く羽目になる。聞き流せばいいのだが、氷川には眞鍋組の策士と語り合いたい話題があった。

「そんな話より、シャチくんの今後について話し合いたい。シャチくんをどうする気？」

氷川が祐の膝を叩くと、彼は冷淡な態度で応えた。

「眞鍋でも世間でも死んだ男です。どうもしません」

「あれだけ実力のある男、祐くんがそう簡単に逃すとは思えない。たとえ、タイで裏切られてもね」

組長代行に就任してから、以前よりさらに祐という男を知った。祐は一時の感情に捉《とら》われないし、古臭い因習にも縛られない、最高に頼もしい男だ。何より清和と眞鍋のために尽くしてくれる。シャチを解放するとは思えなかった。

「佐々原、つまり秋信社長の関係者なんて怖くて使えませんよ」

「……利用する気なんだ。だから、シャチくんが逃げたんだ」

氷川がズバリと指摘すると、祐はにっこりと微笑んだ。

「好きなように言ってください」

「でも、本当に名取会長にはがっかりしたな。会長としてドラ息子を厳しく処分するべき立場なのに……」

名取グループの今後のためにも秋信社長は排除したほうがいい。だが、名取会長は無能で傲慢な秋信社長を跡取りに据える気だ。私情に塗《まみ》れ、経営者としては最低だろう。名取グループ創設者の理念からすれば嘆かわしい限りだ。

「どこでもそうですよ」

祐は当然とばかりに軽く頷いた。

「自分の子供のために会社を犠牲にするの？」

「政治家よりマシですよ。自分の子供のために国を犠牲にするんですから？　シャチから聞いたでしょう？」

祐はシャチと同じ皮肉を口にした。

「聞いたけど」

「おこづかいはたんまりくれるし、会社も部下も玩具《おもちゃ》もくれる。何をしても許してくれるママが俺も欲しかった」

母親に複雑な心境を抱く祐だけに、やたらとシュールな言葉だ。氷川も名取会長のような母親がいたら人生は変わっていただろう。

もっとも、清和と愛し合えない人生ならばいらないが。

そうこうしているうちに、イワシは背の高い白い塀に囲まれた一軒家に車を止めた。祐が先に車から降りて、氷川のためにドアを開ける。

「祐くん、ここはどこ？」

英国風の名取会長別荘宅とはうって変わり、どこか南欧風のムードが漂っていた。海に近いからか、広々とした庭も白い建物も開放的だ。

「眞鍋組の保養所です」

祐は背の高いヤシの木を見上げながら言った。

「保養所？　借金の代わりにもらった家なの？」

「ありていに言えばそうです。組長がいたく心配しているので顔を見せてあげてください」

祐は軽く笑いながら、玄関口に進んだ。当然、氷川も彼の後に続いて南欧風の庭園を歩く。

「清和くんがいるの？」

「シマで待っていろ、って言ったのに待てないらしい。姐さんの核弾頭ぶりが怖いそうです」

大きなヤシの木の前に黒いスーツに身を包んだ清和がいた。隣には渋面《じゅうめん》のリキもいる。

「清和くん、こんなところに……」

氷川は満面の笑顔を浮かべて清和に近づいた。

「…………」

「名取グループとはお別れしたから」

氷川があっけらかんと報告すると、清和は切れ長の目を細めた。

「ああ」

眞鍋組の揉《も》め事《ごと》に関わらせてすまない、と清和が心の中で詫びている。氷川にしてみれば無用の気遣いだ。

「これでいいね？」

「ああ」

「名取グループの援助がなくても清和くんなら大丈夫だよ。眞鍋組は上手くいく」

氷川が鼓舞するように清和の広い胸を叩いた。

「ああ」

「かえって一致団結していいかもしれない」

名取グループに対する姿勢で清和の腹心たちの意見は違った。何より恐ろしいのは内部分裂だ。

「ああ」

清和に名取グループに対する未練は微塵もない。無能な息子を選んだ名取会長に対する恨みもない。彼の視界は清々しいほど澄み渡っているようだ。

「眞鍋組の……あれ？　煙？」

氷川は植え込みの向こう側から立つ白い煙に気づいた。肉の焼けるいい匂《にお》いも漂ってくる。察するに、バーベキューだ。

「ショウ、もう食っているのか？」

祐は呆れ顔で植え込みの向こう側に進んだ。氷川も清和とともに祐の背中を追う。

「お疲れ様で〜す」

案の定、ショウが広々とした庭で肉を焼きながら食べていた。傍《かたわ》らでは宇治がたれに漬け込んだ肉を網に載せている。サメはビール瓶と焼酎《しょうちゅう》を両手に持っていた。

「バーベキュー？」

氷川が目を丸くすると、ショウが屈託のない笑顔で答えた。

「たまにはいいじゃないスか。肉ぐらい食わせてくださいよ」

「姐さん、俺のか弱い胃は姐さんのせいでおかしくなりかけました。ですが、ようやく復活したようです。焼き肉を食ってこそ人生ですぞ。塩タンもカルビもロースもばんばん食いましょう」

サメは高らかに言い放つと、手にしていたビール瓶と焼酎を高く掲げる。

つい先ほどまで清和の腹心たちに漂う閉塞感は凄まじかったらしい。祐の鬱憤が橘高に向けられ、下手をすると内部が崩壊する危機もあったそうだ。今、名取グループとの決着がつき、それぞれ解放感に浸っているのかもしれない。

バーベキューに駆りたてられた彼らの気持ちは氷川にもよくわかる。

「今夜だけだよ？」

氷川はＯＫを出すと、肉を入れたボールを手にした。たれが肉によく染《し》み込《こ》むように混ぜる。

以後、氷川は必死になって肉を焼いた。

若い清和やショウや宇治、イワシやリキは黙々と最高級の和牛を食べ続ける。サメも楽しそうにジョークを飛ばしながら、いい焼き具合の肉を咀嚼《そしゃく》する。

「まだ食べられるの？」

氷川が驚愕しても若者たちは焼き肉を食べ続ける。バキュームカーに焼き肉を食べさせているような気分になる。

「こんなに買い込んでいるのか」

誰が買ったのか不明だが、大量の肉が白いテーブルやベンチに置かれていた。キッチンの冷蔵庫にも骨付きカルビと松阪牛《まつさかうし》のロースが入っているらしい。

「野菜を食べればいいのに」

野菜サラダなりとも食べさせたいが、どこにも見当たらない。辛《から》うじて、肉と一緒にタマネギのスライスがあるだけだ。

清和は自分からは絶対に焼いたタマネギを取らない。氷川が焼けたタマネギを清和の皿に載せた。

ショウや宇治、リキの皿にもタマネギを載せる。イワシは自分からタマネギを取った。

「姐さん、最高っス」

ショウは全身で幸福感を表したが、ほかの男たちも同じ気持ちを抱いているのだろう。

清和の表情はこれといって変わらないが、氷川には手に取るようにわかった。俺も最高

だ、と。

名取グループという絶大なバックを失った今後、清和が模索する新しい眞鍋組がどのような苦戦を強いられるかわからない。

それでも、清和を支える男たちが結束していれば、どんな苦難も乗り越えられるだろう。

二度と内部が割れないように、氷川は心の底から祈った。もちろん、愛しい清和の無事も切に願う。

秋の夜空は昇り龍と氷川を祝福するように綺麗だった。

あとがき

講談社X文庫様では二十一度目ざます。下呂《げろ》温泉と館山《たてやま》にパソコン持参で行った樹生《きふ》かなめざます。気分を変えたらいい作品が執筆できるかもしれない、最高のネタが拾えるかもしれない、と思いましたのよ。いつにも増してイロモノぶりが際立《きわだ》ったような気がしないでもありませんが……いえ、イロモノでもなければキワモノでもなく、スイート&センチメンタルでもありませんが、樹生かなめ入魂の作品ざます。

奈良千春《ならちはる》様、今回も素敵な挿絵をありがとうございました。深く感謝します。

担当様、いろいろとありがとうございました。深く感謝します。

読んでくださった方、ありがとうございました。

再会できますように。

庭もないのに薔薇《ばら》のアーチを作りたい樹生かなめ

『龍の勇姿、Ｄｒ.の不敵』、いかがでしたか？
樹生かなめ先生、イラストの奈良千春先生への、みなさまのお便りをお待ちしております。

樹生かなめ先生のファンレターのあて先
〒112-8001　東京都文京区音羽2-12-21　講談社　文芸X出版部「樹生かなめ先生」係

奈良千春先生のファンレターのあて先
〒112-8001　東京都文京区音羽2-12-21　講談社　文芸X出版部「奈良千春先生」係

N.D.C.913　238p　15cm

樹生かなめ（きふ・かなめ）
血液型は菱型。星座はオリオン座。
自分でもどうしてこんなに迷うのかわからない、方向音痴ざます。自分でもどうしてこんなに壊すのかわからない、機械音痴ざます。自分でもどうしてこんなに音感がないのかわからない、音痴ざます。自慢にもなりませんが、ほかにもいろいろとございます。でも、しぶとく生きています。
樹生かなめオフィシャルサイト・ＲＯＳＥ13
http://homepage3.nifty.com/kaname_kifu/

講談社Ｘ文庫

white heart

龍《りゅう》の勇姿《ゆうし》、Dr.《ドクター》の不敵《ふてき》

樹生《きふ》かなめ

●

2010年10月５日　第１刷発行

定価はカバーに表示してあります。

発行者――鈴木　哲
発行所――株式会社　講談社
東京都文京区音羽2-12-21 〒112-8001
電話　編集部　03-5395-3507
販売部　03-5395-5817
業務部　03-5395-3615
本文印刷―豊国印刷株式会社
製本―――株式会社千曲堂
カバー印刷―半七写真印刷工業株式会社
本文データ制作―講談社プリプレス管理部
デザイン―山口　馨

ISBN978-4-06-286658-3